転生王女は今日も旗《フラグ》を叩き折る　6

登場人物紹介
レオンハルト
・フォン・オルセイン
ネーベル王国近衛騎士団長。

国一番の剣の使い手。

ローゼマリーの想い人。

ローゼマリー
・フォン・ヴェルファルト
前世の記憶を持ったまま、乙女ゲームの世界に転生した少女。

ネーベル王国第一王女。平穏な未来のために、攻略対象達の性格を矯正しようと決意する。

ネロ
ミハイルに命を救われた黒猫。ローゼマリーの飼猫になる。

文月 花音
（フヅキ カノン）

【ヒロイン】

異世界から召喚された女の子。

ゲーム中では神子姫と呼ばれ、魔王を倒すという使命を担う。

カラス
【攻略対象キャラ】
ネーベル王国の密偵。
飄々とした性格だが、
面倒見の良い一面も。
ラーテ
元ラプターの暗殺者。現在はネーベルの密偵。
テオ
・アイレンベルク
炎属性の魔法を使う魔導師。明るく面倒見の良い少年。
エルンスト
・フォン・リーバー
元ネーベル王国国境警備隊隊長。
レオンハルトの旧友。
ルッツ
・アイレンベルク
【攻略対象キャラ】
氷属性の魔法を使う魔導師。
百年に一人といわれる逸材。
クールで人嫌い。

目次

プロローグ

その日まで私は、どこにでもいる、ごく普通の女子高生だった。

「ごめん！　週末の予定、来週に延《の》ばせないかな？」

両手を顔の前で重ねた友達は、窺《うかが》うように私を見る。

「うん、いいよ。来週の予定もないし」

笑って頷《うなず》くと、友達は安堵《あんど》したように息を洩《も》らした。

「ありがとー。なんかお姉ちゃんが帰ってくるらしくてさ。もっと早く言えっての」

「お姉さんって、確か留学してるんだよね？　何処《どこ》だっけ、アメリカ？」

「カナダ。英語もロクに話せないくせに、何を考えてんだか」

憎まれ口を叩いているが、彼女はなんだかんだでお姉さんが大好きだ。そわそわしている様子が微笑《ほほえ》ましくて、ふふ、と笑いを零《こぼ》す。

「凄《すご》い行動力だよね。外国とか、私には遠い世界の話だな」

「何言ってんの。花音《かのん》の従兄弟《いとこ》だって、確か国際結婚してたんじゃなかった？」

「従兄弟じゃなくて再従兄弟《はとこ》だよ。それに話した事も殆《ほとん》どないし、会ったのも一回くらいかな」

留学も国際結婚も、私には考えつかない。海外旅行ですら、今の所選択肢にない。

興味はあるけれど、テレビや動画で十分だった。

「あっ、ヤバ。そろそろ電車きちゃう。じゃあ、花音、またね！」

スマホで時間を確認した友達は、慌ただしく駆け出していく。

「うん、またね」

大きく手を振る彼女を、私はひらひらと手を振り返して見送った。

バスの待合所に置かれた椅子《いす》に、浅く腰掛《こしか》ける。経年劣化《けいねんれっか》で少し色のくすんだ椅子が、きいと掠《かす》れた音をたてた。

スマホで時間を確認すると、バスが来るまで少し時間が空いている。暇つぶしにＳＮＳを開いてみると、ふと目に留まったのは海外の遺跡《いせき》の写真だった。

有名人がアップしている画像は、青空を背景に太い石の柱が何本も立っている。おそらくヨーロッパにある国の神殿だろう。

「すごいなぁ……」

やっと実物が見られた！　というコメントを見て、素直な感想が浮かぶ。

見たいと思うだけで終わらせず、行動に移せる人達には憧れる。

けれど、それと同時に、やっぱり私は写真で十分だとも思った。

もしかしたら、いつかは日本を飛び出して、遠い国に行く事もあるかもしれないけど。でも、それは今ではない。

私は日本での、緩《ゆる》く平和で、少しだけ窮屈《きゅうくつ》な今の生活が気に入っているから。

そう、思っていた。

ふと、意識が途切れた。

ほんの一瞬の空白。眠かった覚えはないけれど、陽気《ようき》のせいだろうか。スマホの時間を確認しようと目を開けた瞬間、光が飛び込んできた。

「っ……？」

眩《まぶ》しくて、開きかけた目をぎゅっと瞑《つぶ》る。ぐらりと脳が揺れる感覚に、平衡《へいこう》感覚が失われた。ふらついた足に、何とか力を込める。

そして目を閉じたまま、落ち着くのを待っていた私の頭に疑問が浮かぶ。

待って、立《た》ち眩《くら》み？　私はさっきまで座っていたはずでしょ？

それに手元にはスマホがない。それどころか、カバンすらない。

何も分からないまま、恐怖だけが増していく。でも、おそらくじっとしているだけじゃ事態は好転してくれない。

恐る恐る目を開ける。

さっきまでの鮮烈《せんれつ》な眩しさはなく、ぼやけた視界はだんだんとクリアになっていく。

「…………へ？」

間の抜けた声が洩れた。

視界に映るのは、さっきまで見ていたＳＮＳの画像に少しだけ似ていて、でも全く違う光景。

等間隔《とうかんかく》に並ぶ石造りの柱と、光の降り注ぐステンドグラス。石造りの床には、まるで魔法陣のような模様が描かれている。

世界遺産に登録されそうな美しい建物なのに、全く古さを感じない。それに、ヨーロッパの建物に似ていながら、どこにも属さないような違和感がある。まるでファンタジーの世界の神殿だと、頭の隅で思った。

「ようこそ」

耳に心地よい柔らかい声音が、語りかける。

私の目の前に立つのは、長身痩躯《そうく》の青年。青みを帯びた黒髪と、同色の切れ長な瞳に整った鼻《び》梁《りょう》。薄い唇は緩く弧を描く。身にまとう白い祭服《さいふく》には、袖口と裾《すそ》に金糸《きんし》で細かな模様が描かれている。肩から掛けたストラも金だが、下品な印象は受けない。それどころか、アルカイックスマイルを浮かべる青年からは、気品のようなものすら感じた。

彼は私の前で跪《ひざまず》き、恭《うやうや》しく頭《こうべ》を垂れる。

「お待ち申し上げておりました。異世界の神子姫《みこひめ》」

「……はい？」

青年の言葉の意味が、分からない。

神子姫って、なに？　私の事じゃないよね？　それに今、異世界って言った？

聞き間違いだよね。どうか、そうだと言って。

「ここ……どこ……？　ち、地球ですよ、ね？」

震える声で問うた私に、青年は綺麗に微笑みかけた。

「『裏側の世界へようこそ』」

転生王女の演技。

神殿を後にした私達は、森を出るまで誰も口を開かなかった。

疲労《ひろう》や寒さで頭が働かなかったというのも勿論《もちろん》あるが、きっと理由はそれだけではないと思う。沈黙こそが、私達の心情を一番雄弁《ゆうべん》に語っているのかもしれない。

馬が待つ森の入り口に辿《たど》り着《つ》く頃には、既《すで》に東の空はうっすらと白んでいた。

早朝の空気は、冷たく澄《す》み渡《わた》っている。耳鳴りがするほどの静寂《せいじゃく》は、地上から自分達以外の生命が全て消え去ったかのようだ。

ゆっくりと地平線から、太陽の光が溢《こぼ》れ始める。闇を洗い流すかのような光景が切ないほどに綺麗で、意味もなく泣きたい気持ちになった。

「……誰か来る」

ラーテがピクリと何かに反応したかと思うと、低い声で告げた。

ラーテが呟《つぶや》くのとほぼ同時に、レオンハルト様も反応する。少し遅れてリーバー隊長も、二人と同じ方角へ視線を向けた。

私は何がなんだか分からないまま、皆の視線の先を見つめていると、やがて丘を越えて近付いてくる小さな影が見え始めた。蹄《ひづめ》が大地を蹴《け》る音が響《ひび》く。馬を駆《か》る人影の正体が、国境警備隊の一人、パスカル小隊長だと分かったのは、彼が滑り落ちるように馬から降りた時だった。

「隊長っ、捜しました!!」

息せき切らしたパスカル小隊長は、リーバー隊長の前に跪く。切羽《せっぱ》詰まった表情の彼から只事《ただごと》ではないと察知《さっち》し、皆の間に緊張《きんちょう》が走った。

肩で息をするパスカル小隊長が発した言葉に、場の空気が凍《こお》る。

「砦《とりで》に連絡が入りました！　至急、ご自宅にお戻りください！　奥様が……っ！」

「っ……！」

息を呑む。語られなかった言葉の続きは、問わずとも分かった。リーバー隊長の裏切りの理由が奥様の命に関わる事なら、きっと彼女に残された時間は長くはない。

視線がリーバー隊長に集まる。

彼は僅《わず》かに俯《うつむ》き、じっと動きを止めていた。

「……そうか」

静かな声だった。

取り乱す事なく、一度だけ頷いたリーバー隊長の横顔からは、何の感情も読み取れない。棒立ちのままのリーバー隊長を、パスカル小隊長は理解不能だと言わんばかりの表情で見つめている。

もしかしたらリーバー隊長は、覚悟していたのだろうか。

だからそんなに落ち着いていられるの？

しかし私の浅はかな考えは、すぐに消えた。

リーバー隊長の手が強く握り込まれ、震えているのを見てしまったから。

覚悟なんて、出来るわけない。

最愛の人との別れが目前に迫っているのだとしたら、誰だって動揺《どうよう》する。苦しむ。駆けつけたいに決まっているのだ。

でも同時にリーバー隊長は、自分にその資格がない事も理解しているのだろう。

「隊長？」

訝《いぶか》しげな声でパスカル小隊長に呼ばれても、リーバー隊長は動かない。否《いな》、動けない。罪人である彼の行動の決定権は、彼自身にはないからだ。

今、この場で一番高い地位にあるのは、私。

決定権があるのも私なのだ。

「マリー様」

レオンハルト様が、私を呼ぶ。

向き合った彼の目に迷いはなく、次に続く言葉を想像出来てしまった。優しいレオンハルト様は、私を矢面《やおもて》に立たせたりはしない。それくらいなら、憎まれ役を買って出てしまうだろう。

そんな事は、させられないと咄嗟《とっさ》に思った。

「このまま砦へ戻……」

「わ、わわ私、疲れましたっ！」

このまま砦へ戻りましょう。そう提案しかけたレオンハルト様の言葉に、慌てて声を被せる。

上手い言い訳が思いつかなかったにしても、これは酷い。頭を抱えたくなったが、反省するのは後だ。

きょとん、と丸くなったレオンハルト様の目を見つめながら、なんとか続きの言葉を考える。

「えっと、……疲れたので、もう動きたくないです」

「……馬上《ばじょう》では自分が支えておりますので、寄りかかってお休みください。砦までは時間がかかりますが、なるべく静かに進みますので、申し訳ありませんがご辛抱《しんぼう》を」

「えっ、本当に……ではなく！　一刻も早く、横になって眠りたいんです！」

危ない、危ない。レオンハルト様の申し出に一瞬揺らぐ。だが、ギリギリで理性が欲望を抑え込む事に成功した。

レオンハルト様と密着出来るという誘惑に負けるところだった。

唐突に始まった気が抜ける遣《や》り取《と》りを、リーバー隊長とパスカル小隊長は、ポカンとした顔で見守っている。理解が追いつかないのだろう。

私の考えを理解しているのは、きっと困り顔のレオンハルト様と、面白がるような表情のラーテだけ。

「でも近くの村の宿屋は、まだ開いていないでしょうし。どうしたらいいかしら」

頬に手をあてて考えるふりをすると、ラーテが口元を隠して咳《せき》をした。

おーい、そこのお兄さん。笑ってんのバレてるからな。咳払いで誤魔化《ごまか》せていないから。

大根役者っぷりを笑われて心折れそうになりながらも、演技続行。『いい事思いついた』とばかりに、ポンと掌《てのひら》を打つ。

「そういえば砦よりもリーバー様のご自宅の方が、ここから近いのではありませんでしたか？」

私が問いかけると、ようやく意図《いと》を理解したリーバー隊長の目が、大きく見開かれた。

彼の受けた衝撃の大きさを示すように、薄く開いた唇が震えている。

どういう結果になっても、もう二度と生きて奥様に会う事は叶わないのだと思っていたのだろう。

リーバー隊長の犯した罪の重さを考えれば、当然と言える。

彼は、国家を裏切った大罪人だ。

拘束した後、速やかに身柄《みがら》を王都へと移すべきだと理解している。

王族である私は、私情を挟《はさ》むべきではない。彼が誰であろうと、どんな事情があろうとも、関係ない……それが正しいと、思うのに。

ただの小娘であるローゼマリーが、心の中で叫ぶのだ。

このままリーバー隊長と奥様を引き離してしまったら、一生後悔すると。

「少しだけ、休憩《きゅうけい》させていただいても宜《よろ》しいでしょうか?」

私の独断《どくだん》では、長い時間はあげられない。

でも、このまま永遠に別れる事になってしまうのは、あまりにも酷《こく》だ。

リーバー隊長の表情が歪《ゆが》む。

ぐっと唇を引き結んだ後、彼は深く頭を下げた。

「ありがとう、ございます」

絞《しぼ》り出した小さな声は掠れていたが、私の耳にはしっかり届いた。

でも私は、聞こえないふりで軽く首を傾《かし》げる。

だって、休憩させてと我儘《わがまま》言ってくる相手に、お礼言うなんておかしいでしょう?

リーバー隊長は、気まぐれ王女の我儘を聞いてあげる立場なんだから。

隣にいたレオンハルト様を見上げると、彼は渋《しぶ》い顔をしていた。

「貴方は、優しすぎる」

私にしか聞こえないような、小さな声で呟く。

そんな事は全然ないですよ、という意味を込めて、苦笑いを浮かべて頭《かぶり》を振った。

私はただ、未来の私が苦しむ要素を潰《つぶ》しただけ。

まぁ、帰ったら父様にお叱りを受けるだろう事は予想されるが。なんらかのペナルティもあるかもしれない。

リーバー隊長が逃亡する可能性はないと思うけれど、拘束もせずに寄り道とか、絶対にやっちゃ駄目なやつだよね。

でも不思議と後悔は、してないんだ。

「なんの事でしょう？　私は、休みたいと我儘を言っただけですよ？」

相変わらずの下手くそな芝居《しばい》で、笑いかける。

レオンハルト様は、しょうがない人ですね、と言いたげに苦笑いを浮かべた。

転生王女の哀情《あいじょう》。

パスカル小隊長と別れ、私達は可能な限りの速さでリーバー隊長の自宅を目指す。

「っ、ぐ」

疲労と寝不足で体調は最悪。大きく揺れる度にこみ上げてくる吐き気を、無理やり顔をあげて、冷たい空気と共に飲み下《くだ》す。

「姫君、大丈夫ですか」

耳元に直接、レオンハルト様の声が響く。振り返る事は出来ないけれど、たぶん心配そうな顔をさせてしまっているんだろう。

それでも、泣き言を言う気はなかった。

「平気です」

前を向いたまま、なるべく平静を装って告げる。でもたぶん、私の強がりは筒抜《つつぬ》けなんだろう。

大きな手が、励《はげ》ますように私の手を一度握って離れた。

砦より近いと言ったのはその場しのぎの嘘ではないはずだが、随分と遠く感じる。

地平線から顔を出したばかりだった太陽は、どんどんと高くなり、ポツポツと点在している民家からは、煮炊《にた》きの煙《けむり》が上り始めた。

人々の営《いとな》みが、時間の経過を嫌というほど感じさせる。

刻一刻と過ぎていく時間に、焦《あせ》りを感じているのはたぶん私だけではない。

広大な畑が両脇に続く道を抜けると、ポツンと立つ一軒の家が見えてきた。小さなカントリーハウスを思わせる建物だ。

目的地はどうやら、あそこらしい。

リーバー隊長は着くなり、馬から飛び降りて玄関に向かって駆けていく。その速さに驚きと焦りを覚えながら、私はレオンハルト様に馬からおろしてもらった。

「ラーテ、貴方は……」

「オレは留守番しとくよ。ここで馬と待ってるね」

ラーテは笑って、ひらひらと手を振る。彼に手綱《たづな》を任せ、私とレオンハルト様はリーバー隊長の後を追った。

「戻ったぞ！」

返事を待たずにドアを開け、中へと入っていく。

荒々しい靴音とリーバー隊長の声だけが、屋内《おくない》に響く。家の中は、驚くほどに静かだった。人の気配が、殆どない。

静かな室内と相反するように、早鐘《はやがね》を打つ心臓の音が煩《うるさ》い。

背筋がザワザワする。なぜか、落ち着かない心地になった。

「スヴェン、いないのか⁉」

「旦那様……っ」

何度目かの呼びかけに、声が返る。

現れたのは細身の男性。綺麗な白髪を後ろに撫で付け、執事服《しつじふく》を着こなした品の良い、六十すぎくらいの紳士《しんし》だ。

「スヴェン！　ティアナは⁉」

細い肩を掴《つか》み、リーバー隊長は詰め寄る。

スヴェンと呼ばれた男性は、リーバー隊長の視線から逃れるように俯く。

深く皺《しわ》が刻まれた目元に陰が落ちて、表情がよく分からなくなった。けれど、乾いてヒビ割れた唇が震えているのが見えた。

「奥様は……っ」

唇と同様に、声も震えている。

消えた言葉の先を問いかけるのは、酷く恐ろしい事のように感じた。

間に、合わなかった……？

まともに働かない頭で導《みちび》き出す結論は、感情論で捏《こ》ね繰《く》り回した結果よりも余程シンプルだった。故に、残酷な現実を突きつける。

奥の部屋から、すすり泣く声が聞こえてくる。

家人《けにん》らしき女性達が、身を寄せ合いながら出てきた。

現状が一つ一つ、子供に言い含める大人の言葉のように、分かりやすく私の予想を肯定する。

間に合わなかったんだ――。

頭の中で言葉を繰り返す。

ぐわん、と目の前の景色が揺れた。

「マリー様！」

ふらりと蹌踉《よろ》めきそうになる私を、レオンハルト様が支えてくれた。

触れた手は、ひやりと冷たい。見上げたレオンハルト様の顔色も、紙のように白かった。

「だい、じょうぶ、です」

倒れている場合じゃない。

凭《もた》れ掛かっていたレオンハルト様から体を離し、一人で立つ。

視線を向けると、リーバー隊長は無言で立ち尽くしていた。横顔からは、感情を読み取る事は出来ない。ただじっと佇《たたず》む姿は、落ち着いているというより、放心しているように見えた。

どれだけ時間が経ったのか分からない。数十分にも、数秒にも感じた。

沈黙を破ったのは、リーバー隊長だった。

「……そうか」

リーバー隊長は、取り乱したりしなかった。

静かな声で呟いた彼は、スヴェンさんの肩を労《いたわ》るように撫でる。

「妻に……ティニーに会ってくるよ」

ふらりと歩き出したリーバー隊長は、家人の女性達の横をすり抜けて奥の部屋へと入っていく。

彼にかける言葉は、なにも思いつかなかった。

「……お客様をもてなしもせず、申し訳ありません。お飲み物をご用意致しますので、どうぞこちらへ」

呆然と佇む私達に声をかけたのは、スヴェンと呼ばれた執事の男性だ。

我に返った私は、慌てて頭を振る。

「どうか、お気遣いなく」

固辞《こじ》しようとするが、スヴェンさんは青白い顔で微笑む。「動いていた方が、気が紛れるのです」と泣き腫《は》らした赤い目で言われてしまって、それ以上食い下がる事は出来なかった。

別室に通された私は、ぼんやりと室内の様子を眺める。

白い漆喰《しっくい》壁に、明るい色味の木の梁《はり》。張り出した窓は、木の飾り格子の嵌《はま》った両開き戸。カーテンは小花模様の厚手のものと、レースの組み合わせ。煉瓦《れんが》の暖炉に、飾り棚に並べられた陶器の人形。可愛らしい紐《ひも》で纏《まと》められたドライフラワー。

貴族の邸宅《ていたく》というよりは、童話の中に出てきそうな可愛らしいお家《うち》。外側も内側も、女性の好みそうなもので統一されている。

リーバー隊長が奥様の好むものを集めてつくったんだろう。

雇《やと》っている人もおそらく最小限。

きっとここは、奥様が心安らかに暮らす為に建てられた、奥様のためのお城なんだ。

「姫君」

私を驚かせない為か、静かな声で呼びかけられる。

レオンハルト様は棒立ちになっていた私の手を取り、「座りましょう」とソファーへと導いた。

誘導されるがままに腰を下ろしたのは、ベージュ生地に花模様の布張りソファー。テーブルと揃えの猫脚《ねこあし》は色合いからしてウォールナットだろう。

小さくて可愛らしい家具と華やかな内装。

何処を見ても、リーバー隊長には全然似合わない。でも、だからこそ、奥様への愛に溢《あふ》れていた。

「……っ」

ヒクッと喉が引きつったような音をたてる。目頭が熱い。手のひらを握りしめて、涙の衝動をやり過ごす。

悲しいのか、苦しいのか、それとも怒っているのか。自分の感情さえも、把握出来ない。

自分がやった事が間違っているとは思わない。

奥様を魔王の依代《よりしろ》にするなんて、絶対にしちゃいけない事だと理解している。でも、こんな風に愛情の欠片《かけら》を目にしただけでも揺らぐ。

なんとか出来なかったのかな。

本当に、私に出来る事はなかったの？

「姫君」

レオンハルト様は私の前の床に跪く。俯いた私を下から覗き込んだ彼は、ソファーの上に放り出された私の手に、上から手を重ねた。

掌に爪が食い込むのを咎《とが》めるみたいに、ゆっくりと開かされる。指の間に指が入り込んで搦《から》め捕《と》られた。

「貴方は貴方に出来る最善を尽くした」

「っ……！」

「傷つく度に、自分を責めるのは止《や》めてください。もっと、何か出来たはずだなんて、全てを背負わなくていいんです。貴方は貴方自身にだけ厳しすぎる」

レオンハルト様は眉を下げて、困り顔で言った後に苦く笑う。

ネガティブな方向へと落ちていく私の思考は、彼にはダダ漏れだったようだ。

「……エルンストの痛みも苦しみも、奥方の思いも、オレ達には分かりません。二人が互いに向けた思いは、二人だけのものだ」

繋いでいない方の手が、私の頭を優しく撫でた。

レオンハルト様の手のぬくもりが、頑《かたく》なな私の心も解《ほど》いていく。

そうだ。何か出来たかもなんて傲慢《ごうまん》だ。

ましてや、二人の苦しみを理解しようなんて、独りよがりもいいところ。

そんなの誰も望んでない。

「オレ達に出来る事は、静かに待つ事。……それだけです」

レオンハルト様の言葉に、私は小さく頷いた。

ずび、と鼻を鳴らして目元を擦《こす》ろうとすると、レオンハルト様は優しく眦《まなじり》を緩め、滲《にじ》んだ涙を拭《ぬぐ》ってくれる。

いつもは子供扱いされたと複雑になる、世話好きの兄みたいな仕草が、今はただ心地よかった。

警備隊長の慟哭《どうこく》。

ああ、間に合わなかったのか。

家人達の反応を見て、そう理解したけれど、すぐに感情とは結びつかなかった。

まるで心と体を繋ぐ線が、寸断《すんだん》されたかのようだ。もしかしたら、肉体と違って脆《もろ》い心を守るために本能が、感じるなと命じているのかもしれない。

それくらいティアナは、オレにとってかけがえのない存在だった。

足を引き摺るようにして、ティアナの寝室を目指す。

体の感覚が鈍い。手足は上手く動かず、視界は紗幕《しゃまく》がかかっているみたいにぼんやりしている。

侍女達のすすり泣きも遠く感じた。

ドアノブを引いて、部屋に入る。

ティアナ自身の甘い香りと、薬のにおいがふわりと漂う。

レース地のカーテンを通して、眩《まばゆ》い太陽の光が部屋に差し込む。東側の出窓の縁《へり》に並べられたウサギやリスの人形が、影絵のように浮かび上がった。

花が大好きなティアナが冬でも楽しめるようにと、侍女達が作ったドライフラワーやポプリの数が、また増えた。

ベッドの脇に置かれたテーブルには、やりかけの花の刺繍《ししゅう》と、栞《しおり》を挟んだままの読みかけの本。

日常の続きの風景。平凡な一日が始まる事を、疑いようもないような。

それなのに見慣れた景色の中で、たった一つ欠けたものがある。

天蓋《てんがい》付きの大きなベッドに、静かに横たわる最愛の妻。

彼女の魂だけが、失われていた。

「ティアナ」

呼びかけて、ふらりと一歩踏み出す。

「ティアナ……ティニー」

何度も呼びかけても、応《こた》えはない。

細い肩を揺り起こそうとして、手を止める。触れる事が恐ろしいと、正直な体が訴えていた。

宙を彷徨《さまよ》った手は、ベッドの横に置かれた椅子の背凭れに辿り着く。

「ティニー……」

背凭れを少し引いて、腰を下ろす。木製の華奢《きゃしゃ》な椅子が、抗議するみたいにギシリと軋《きし》む音をたてた。

窓から差すカーテン越しの淡い光が、ティニーの横顔を照らすのを眺める。新雪《しんせつ》の如《ごと》き真っ白な肌が、光を受けてキラキラと輝く。枕に広がるクセのないシルバーブロンドの輝きと相まって、彼女自身が仄《ほの》かに光っているように見えた。

薄く開いた唇は色がなく、青褪《あおざ》めていたが、それ以外はいつも通り。

月並みな感想だが、眠っているようにしか見えなかった。

だからだろうか、実感が薄い。

長い睫毛《まつげ》がふるりと揺れて、今にも目覚めるんじゃないかと思った。菫《すみれ》色の瞳がオレを映し、おかえりなさいと笑ってくれる。そんな幻を、夢見てしまう。

どれくらい、そうしていたのか分からない。

何をするでもなく、椅子に座ったままティニーを眺め続けているオレに、控え目な声がかかった。

「旦那様」

振り返りもしないオレの横に、誰かが立つ。

顔を上げるのも億劫《おっくう》で、視線だけそちらに向けると、ティニー付きの侍女がいた。五十すぎのふくよかな侍女は、いつもニコニコと柔和《にゅうわ》な笑みを浮かべていて、ティニーは大層信頼していた。

しかし、今日の彼女は、萎《しお》れた花のようだ。目元は真っ赤に染まり、顔色も悪い。

「こちらを、奥様からお預かりしておりました」

侍女は白い封筒《ふうとう》を取り出し、オレへと差し出す。

「……ティニーから？」

侍女と手紙とを、交互に見てから問うと、彼女はしっかりと頷いた。

オレが受け取ると、頭を下げて部屋を退出する。

ティニーから、オレに手紙？

いつ書いたんだ？

……考えたくもないが、彼女は自分の死期を悟っていたのだろうか。

そして、自分なしでは生きられない情けない夫の為に、手紙を残してくれたのか。

どんな気持ちで書いたのだろうと想像するだけで、たまらない気持ちになる。

どんなに怖かっただろう。どんなに、苦しかっただろうか。

オレは手の中に残された手紙を、じっと眺めた。開けるのが、怖い。でも逃げては駄目だと己に言い聞かせた。

真っ白な封筒の隙間に爪を潜り込ませると、あっさり封は開いた。

中には四つ折りにされた白い便箋《びんせん》が二枚、重なって入っている。取り出して、折り目を均《なら》すように手で伸ばした。

クセのない綺麗な字で書かれた手紙の書き出しは、こうだった。

「……『最愛の旦那様、エルンストへ』」

呟いた声は、掠れたオレのものではなく、頭の中でティニーの声に変換される。

ベッドで半身を起こし、時折窓の外を眺めながらペンを走らす彼女の姿が思い浮かんだ。

手紙は時節《じせつ》の挨拶から、オレの体調を気遣うものへと変わる。もう何日も雪が続いていると書いてあるから、一月前くらいに書かれたのだろう。

そして文章を追っていたオレの目は、ある一文に釘《くぎ》付けになる。

『貴方がこの手紙を読んでいるという事は、私はもうこの世にいないのでしょう』

ああ、やはり。ティニーは自分の死を悟っていた。

諦観《ていかん》と共に、大きな後悔がオレに伸《の》し掛かる。オレはティニーを幸せには出来なかった。間近に迫る死の恐怖に心をすり減らしながら生きていると、気付いてやる事も出来なかった。

悪事に手を染めても結局、彼女を救えず。最期《さいご》に傍にいる事も叶わず、何もかもが中途半端な愚か者だ、オレは。

自分への罵倒《ばとう》が、山のように浮かぶ。

しかし手紙の中のティニーは、一言もオレを責めなかった。ただ只管《ひたすら》にオレの身を案じ、気遣っている。

ティニー、ティニー、オレの愛しいティアナ。

オレを責めてほしい。お前を苦しめてしまったオレを、どうか許すな。

祈るような気持ちで、便箋の二枚目に手をかける。

深く呼吸をしてから、一行目を読んだオレは目を軽く瞠《みは》った。予想外の内容を、頭が理解するのに、十数秒を要したと思う。

『真面目な貴方は、きっと真剣な顔でここまで読んでくれた事でしょう』

そこまでは、いい。だがその続きの意味が、すぐには分からなかった。

「……『でも実はこの手紙を書いたのが、二十通目だと知ったら貴方はどんな顔をするかしら？』」

二十通目？　この、最期の別れのような手紙が、二十通目？

戸惑うオレが見えているかのように、手紙の中のティニーは続ける。

『成人するまで生きられないとお医者様に言われていた私は、貴方に手紙を書く事に決めました。貴方と会えなくなるかもしれないと思いながら書いた一通目の手紙は、自分で言うのもなんですが、悲劇を演じる役者のようでした。読み返した私は、恥ずかしさの余り、すぐに破り捨てて、マリテにお願いして落ち葉と一緒に焼いてもらいました』

マリテというのは、手紙をオレに渡してくれた侍女の名だ。

落ち葉という単語を見て、秋口に書いたのだろうなと、どうでもいい事に思考を飛ばす。

オレもまだ混乱しているんだろう。一枚目との温度差についていけていない。

『二通目は冷静に書けたと思うのですが、吹雪《ふぶき》の話を書いてしまったので、暖かくなってきた頃に破り捨てました。季節の話題を避ければいいのでは？　と気付いたのは、五通目を書き上げた時でした』

五通目まで気づかなかったのか、とオレは思わず笑いがこみ上げる。

そういえばティニーは、しっかりしているように見えて、意外と抜けた所があった。

一度だけ作ってくれた焼き菓子は砂糖と塩を間違えていたが、笑顔で完食したっけな。

『でも私は、敢《あ》えて季節の話題を避けるのを止《や》めました。完璧な手紙を書き上げるよりも、何通破り捨てられるかという方向へと、目標が変わってしまったのです』……？　ティニーは相変わらず、思いも寄らない事をやり出すなぁ」

清楚《せいそ》で可憐《かれん》で、触れれば溶けてしまう雪の精霊のような容姿のティニーだが、中身は大人しいだけの深窓《しんそう》の令嬢ではなかった。

好奇心旺盛《おうせい》で、負けず嫌いで。体が丈夫だったらきっと、一箇所に留まっていないお転婆《てんば》な女性になっていただろう。

『家の中に閉じ籠もっている私の話題なんて、簡単に尽きると思っているでしょう。ですが、そう簡単にはいきませんよ。私には、頼もしい協力者が沢山いるのです。冬には庭師が雪の兎《うさぎ》を作って窓の外に飾ってくれて、春には侍女達が花瓶に色とりどりの花を生けてくれます。夏には厩番《うまやばん》の男の子が窓越しに蝶を見せてくれるし、秋には料理人が栗でお菓子を作ってくれるんです。話題は尽きません。貴方にも見せたい景色が沢山ありすぎて困ってしまうくらいです』

見る人が釣られるような、柔らかい笑顔のティニーが思い浮かぶ。

いつでも笑顔を絶やさない彼女を、使用人達は深く愛していた。だからティニーは、毎日楽しそうだった。具合が悪くても、ベッドから起き上がれなくても。そうだ、毎日、ニコニコと笑っていたじゃないか。

なぜ、苦しんで書いたなんて思った。

後ろめたい気持ちが、事実を捻《ね》じ曲げてしまったのか。

国を裏切って、ティニーの意思を確認せずに、不自然な生を押し付けようとした後悔が、オレの目を曇らせていた。

ティニーは、絶望なんかしていない。精一杯、生きようとしていた。

『この手紙も、野の花が咲いた頃に破り捨てます』という一文が、それを示している。

「『次からは、別れの手紙ではなく貴方への恋文《こいぶみ》をしたためましょう。そして破らずにとっておいて』……」

そこまで読んで、声が詰まる。

手紙を持つ手が震え、無意識に力が入ってしまったのか、くしゃりと皺が寄った。

『貴方の隣でおばあちゃんになれた頃に、まとめて渡す予定です』

その文章を読んだ瞬間、獣の唸《うな》り声みたいな嗚咽《おえつ》が洩れた。

「ティニー……っ！　ティアナ、ティアナ……!!」

ボタボタと水滴が落ちて文字が滲む。

手紙を握りしめたオレは、ティニーに手を伸ばす。細く白い手を両手で握って、慟哭した。

ティニーは、生を諦めていなかった。

オレの隣で、目一杯人生を謳歌《おうか》して、生きようとしてくれていた。それを知れただけで、オレは救われた思いだった。

間に合わなくて、良かった。

幸せに生きていた最愛の人に、終わらない苦痛を押し付けずに済んで、本当に良かった。

ティニーの冷たい手に額を押し付け、オレは子供みたいに泣き続けた。

転生王女の混沌。

聞いているこちらの胸まで締め付けられるような悲痛な慟哭が止《や》んで、一時間足らず。私達の待つ部屋までやってきたリーバー隊長は、泣き腫らした目を隠しもせずに、私に向かい頭を下げた。

「お待たせ致しました」

真っ赤な目は痛々しいが、落ち着いた様子だ。表情から迷いが消えたように見えるのは、気の所《せ》為《い》だろうか。

凛々《りり》しい顔つきは、自暴自棄になっているというより、なにかしらの覚悟をした人間のソレに見えた。

「行きましょう」

「……いいのですか」

言ってから、自分の失言に気付く。良いも悪いもない。私の権限では、これ以上の時間をあげる事は出来ないのだから。

それでも、聞かずにはいられなかった。奥様の葬儀にも出られないなんて、辛すぎる。

リーバー隊長は私の思考を読み取ったかのように、ゆっくりと頷いた。

「別れは済ませました。後は信頼出来る家人に任せます」

「家人には説明をしたのか？」

今まで黙っていたレオンハルト様が、言葉少なに問う。

確かに、そこは気になる。奥様の葬儀に出られない事だけではない。予想よりも罰が軽くなったとしても、この家でそのまま暮らすのはもう無理だろう。

「代表して二人ほどに伝えた。ティアナ付きの侍女には、強烈なのを一発貰《もら》ったよ」

苦笑するリーバー隊長の頬は、よく見ると少し赤くなっている。泣いたせいで目元が腫れていたから気付かなかった。

家人が主人に手を挙げるというのは驚きだが、家族のような関係を築いていたのだと思えば、そう不思議でもないのかもしれない。たとえ相手が主人であっても、間違いだと思えば叱る。それはある意味、理想的な主従関係だと感じた。

「いい気味だ」

腕組みをしたレオンハルト様は、そっぽを向いてフンと鼻を鳴らす。

「……お前が捨てようとしていたものの重みを、ちゃんと噛《か》み締めろ」

ボソリと付け加えられた言葉に、リーバー隊長は軽く目を瞠った。次いで目を細めたリーバー隊長は、「本当にな」と微《かす》かに口角を上げる。泣き笑いみたいな笑い方だった。

笑いをおさめたリーバー隊長は、私を見た。視線に応えるように軽く首を傾げると、リーバー隊長は「殿下」と呼びかける。

改まった態度に思わず背筋が伸びた。彼はそんな私を真っ直ぐに見つめた後、深々と頭を下げる。

「え……」

戸惑った私は助けを求めるようにレオンハルト様を見る。

彼は、見定めるような厳しい目でリーバー隊長を見つめていた。うろ、と彷徨わせた視線をリーバー隊長へ戻すと、それが見えているかのように彼は口を開いた。

「止めてくださって、ありがとうございました」

「！」

虚《きょ》を衝《つ》かれ、目を丸くする。

「愚かなオレは色んなものを傷つけましたが、貴方様のお陰で最後の一歩で踏み止《とど》まる事が出来ました。心より、感謝致します」

「そ、そんな立派な事はしていません」

なんか凄く美化されている気がする。

私がした事って、キレて怒鳴り散らしただけだと思うんだ。

確かに止《や》めてくださいとは言ったけれど、それだけ。結局の所、私が一番怒ったのって国を裏切ったとか、魔王を私欲《しよく》の為に利用したって事じゃなくて、レオンハルト様を傷つけようとしたという部分だからね。

恋愛脳の小娘がヒステリーを起こして、お礼を言われるとか訳が分からない。

青くなって顔と手をブンブンと振る私を見て、リーバー隊長は眦を緩めた。

「あの時の殿下は、大層勇ましかった。痺《しび》れましたよ」

レオンハルト様の前で蒸《む》し返さないでほしいと切に願う。

「殿下と妻のお陰で目が醒めました。もう馬鹿な真似はしないと、お約束致します」

「リーバー様……」

少しの間でも、奥様と言葉が交《か》わせたのか。それが無理だとしても、何らかの方法で心を通わせたのだろう。

リーバー隊長の顔には悲しみが色濃く残っていたが、それでも真っ直ぐな瞳に嘘はないと思った。

「それと、レオンハルト」

「……なんだ」

リーバー隊長の呼びかけに、レオンハルト様は不機嫌そうに返事をする。

一生許さないと言ったのに、なんだかんだで無視も出来ない。やっぱりレオンハルト様は、優しい人だ。

「何があろうとも、今後、オレは最期まで生き抜く。自分勝手に命を絶ったりしない。……見届けてもらえたら、嬉しい」

リーバー隊長の宣言を聞いたレオンハルト様は、暫《しば》し沈黙した後、目を伏せて頷いた。

その後、ラーテと合流した私達は、急いで砦へと戻る。

リーバー隊長の処分がどうあれ、国境警備隊の隊長を続けるのはもう無理だ。

近いうちに大幅な配置転換をする事になるだろうが、仮措《そ》置《ち》として国境警備隊の指揮を次席であるヴォルター副隊長に委《ゆだ》ねなければならない。

それに伴い、もちろん、ヴォルター副隊長には事の成り行きを説明する必要がある。

分かっている。仕方のない事だと理解している。

でも、裏切りを告白するリーバー隊長の心情を思うと辛いし、打ち明けられるヴォルター副隊長の心境も想像するだけでキツい。

砦までの道中、第三者であるはずの私の胃がシクシクと痛みを訴える。

未来に起こり得る騒動《そうどう》を思い浮かべ、こっそりと胃の辺りをさすっていた。

しかし、もうすぐ砦の門が見えるというタイミングで、予想外の悶着《もんちゃく》が起こった。

街道に面した林の横を通り過ぎようとした時、唐突にラーテとレオンハルト様が、ほぼ同時に身構える。数秒遅れでリーバー隊長が反応した時、風を切るような音を聞いた。

「マリー様っ！」

レオンハルト様は守るように私を抱え込んだが、事態についていけていない私は、目を白黒させるばかりだ。

馬のいななきと剣を抜く音。次いで、誰かが走り抜けるような気配。

敵襲だと判断した私が咄嗟に顔をあげると、黒い外套《がいとう》を翻《ひるがえ》した人間が、ラーテに襲いかかっているところだった。

なんで、ラーテを？

予想外すぎる展開に混乱してしまう。

馬から飛び下りたラーテを襲撃者《しゅうげき》はナイフで斬りつける。しかしラーテは攻撃をなんなく躱《かわ》し、自分もナイフを引き抜いた。

「おかしいな。全員始末したから、追手がかかるにしても、もう少し遅いと思ってたんだけど」

ラーテは、失敗したと言わんばかりの苦笑いを浮かべる。命を狙われているとは思えない、のんびりとした口調だ。

相手は問答無用だとばかりに、無言で攻撃を繰り出す。ラーテはその全てを、器用に受け流した。

レオンハルト様に助太刀《すけだち》をお願いしようと思ったが、素人目《しろうとめ》にもラーテが強い事が分かったので、つい見守ってしまう。

襲撃者の攻撃はかなり速く、少しでも対応が遅れたら命取りなのに。ラーテの行動一つ一つに余裕があるから、たぶん大丈夫そうだと無責任にも思ってしまうんだ。

「しかも、なんか懐かしい感じするんだけどな。気の所為？」

ひゅ、と軽く振ったラーテのナイフが、襲撃者の外套のフードを掠める。

フードが背後にストンと落ちて、艶のある黒髪がこぼれ落ちた。

「気の所為だったら、良かったのにな。ここでさよならだ、ラーテ」

その声に、聞き覚えがあった。そして見間違いでなければ、後ろ姿にも見覚えがある。

ゲームの中でも知り合いだったんだよね、そういえば、とか。

でもなんで襲っているんだ、とか。

咄嗟に働くほど、私の脳みそは高性能ではなかったけれど。

止めなければならない事だけは、分かった。

「待って、カラス！　それ誤解だと思う!!」

それ、という代名詞が何を示しているのか、自分でも分からないまま、取り敢えず叫んだ。

転生王女の仲裁《ちゅうさい》。

一瞬、カラスの動きが止まった。

しかし、すぐに何事もなかったかのように攻撃は再開される。

えっ。無視⁉　無視ですか⁉

「カラス⁉　誤解だって言っているでしょう！」

「大丈夫、誤解じゃないから」

慌てて再度訴えるが、カラスは聞く耳を持たない。

というか、誤解じゃないってどういう事⁉

私自身も何が誤解なのかすら分かっていないのに⁉

「何が誤解じゃないの⁉」

「それは自分で考えて」

見事なブーメランが返ってきた。

出来の悪いコントのようだ。端《はた》から見たらさぞ滑稽《こっけい》な会話だった事だろう。けれど私は真剣に考えた。

そうだよね、私が言い始めたんだから私が考えるべきだね、と。ツッコミは不在だ。

制止の為に手を突き出したまま、必死に頭を働かせる。

「えーっと、えーっと、ラーテは敵じゃない……そう！　敵じゃないの！」

「却下」

「ええっ⁉」

カラスは素気《すげ》なく私の発言を一蹴《いっしゅう》した。

自分で考えろって言ったから、必死に考えたのに‼

「相変わらず短気だねー。ちょっとはお嬢さんの言い分を聞いてあげな」

ラーテは呆れ混じりの口調で言いながら、カラスが振り下ろしたナイフをナイフで受け止める。

まるで見ていられなくなった第三者がついつい口を挟んだかのような言い方だが、貴方、思いっきり当事者だからね⁉

むしろ九割以上、貴方のせいだから‼

「聞く必要はない。どうせ、お前が諸悪《しょあく》の根源《こんげん》だ」

カラスが交わった刃を力任せに押す。その薄笑いを浮かべる顔にこの刃を食い込ませてやるといいたげな鋭い目つきで、ラーテを睥睨《へいげい》した。

「まぁ、間違ってはない」

あはは、と気の抜けた笑い声が響いた瞬間、私は、プチッと何かが切れる音を聞いた気がした。

そして切れたのはたぶん、カラスの堪忍袋の緒だったと思う。

「殺す」

低く呟いたカラスに、私は声にならない悲鳴を上げる。

なんで煽《あお》るかな⁉

ラーテ、貴方絶対に楽しんでいるでしょう⁉

「……止めますか？」

どうする事も出来ずにオロオロする私を見かねたのか、レオンハルト様が問う。

ことの成り行きを黙って見守っていたリーバー隊長も、賛同するみたいに頷く。たぶん、国でも指折りの実力者である二人なら、止められると思う。……思うけど。

私がゆっくりと頭を振ると、「良いのですか？」と念を押された。

「なんか、じゃれ合っているようにしか見えなくなってきました」

「本気で止《や》めて」

聞き捨てならないとばかりに、カラスは食い気味に否定した。

ようやくこっちを向いてくれたカラスに、私は溜息を吐き出す。

「じゃあ、貴方も止《や》めて。ちゃんと私の話を聞いてね？」

「………」

返事はなかったが、カラスは渋々とナイフを下ろした。

不服だと訴えてくる目を黙殺《もくさつ》する。さっきの仕返しではない、たぶんね。

そしてラーテはナイフを鞘《さや》に収めてから、カラスと私とを興味深げに眺める。形の良い唇が、軽快な口笛を鳴らす。

「すごいね、お嬢さん。ちゃんと手綱を握ってるんだ」

「そう見えるのなら、貴方はお医者様にかかるべきだわ」

疲れていた私の口から、つい嫌味が零れた。

しかしラーテは気を悪くした風もなく、楽しげに笑う。

「さすが、オレの御主人様だ」

満面の笑みで告げられた言葉に、私は俯いて額を押さえた。

絶対に、確信犯だ。空気を読めるはずなのに、敢えて読まないその生き方、どうにかした方がいいと思う。

「……は？」

地の底から響くような声で、カラスは呟いた。

怖い。そっち見てないのに、凄《すご》まれているのが分かる。威圧感が凄い。いつからうちの間諜《かんちょう》は、覇気《はき》の使い手になったんですか。

チラリと視線を向けると、カラスは半笑いを浮かべていた。

でもそれは諦めによる脱力した笑い方とか、呆れ混じりのやつでなく。初めて見る種類のものだった。そう、なんていうか、凄みのあるタイプのやつ。

笑っていない紅玉の瞳が、口よりも雄弁に感情を語りかけてきた。

なにしてくれてんだ、アンタ。

ちょっと目を離した隙に、なんてものを拾っているんだ？

いつも鈍いと散々言われているのに、今日に限ってカラスの心情を正確に読み取ってしまう。

怖い、めっちゃ怖い。

ひぃ、と情けない悲鳴が洩れた。

「ねぇ、そこの娘さん」

いつもの「姫さん」呼びでない事に対し、少し違和感があるなぁなんて現実逃避を試みるが、大して意味はなく。

「どういう訳なのか、聞かせてくれる？」

凄まれた私は、小さくなりながら「……はぁい」と消え入りそうな声で返事をした。

或《あ》る密偵の遺憾《いかん》。

砦に移動したオレ達は、国境警備隊隊長と近衛《このえ》騎士団長、そしてオレと姫さんと害悪《ラーテ》とに分かれた。近衛騎士団長から姫さんの護衛を一時的に任されたオレは、用意してもらった部屋で簡単な説明を受けた。

陛下からの密命《みつめい》を受け、辺境へやってきた姫さんが現状に至るまでに何が起こったのか。そして薄ら笑いを浮かべる元同僚が、なんだって姫さんと一緒にいるのかを。

「それで、コイツと一緒にいた訳だ」

「……はい」

腕組みをしてふんぞり返るオレの前で、姫さんは小さくなって返事をした。借りてきた猫のような様子から察するに、オレが不機嫌な事は伝わっているらしい。

「なぁ、娘さん」

溜息を吐き出すと、姫さんの細い肩がビクリと揺れた。

「……はい」

応えたのは、姫さんらしくもない小さな声。

でも生憎《あいにく》と、可哀想だから見逃してやろうという気持ちは微塵《みじん》もなかった。

「アンタがアレの雇用を受け入れるか否かを、即答しなかった事は評価する」

「え？」

想定していなかった方向に話が流れ、姫さんは虚を衝かれたように顔をあげる。

姫さんは、世間知らずのお嬢様ではない。

甘い部分はもちろんあるが、自分の立場や影響力をちゃんと把握している。

敵国の暗殺者であったラーテを、自分一人の判断で王城に入れては駄目だと理解しているからこそ、返事を保留しているのだろう。

ただ、「協力してくれたのに、放り出す事は出来ない」と顔に書いてあるのが問題だ。

理想を追い求めているのに、現実もちゃんと見えている。姫さんのそういう部分は、密《ひそ》かに気に入っている。真っ直ぐなところも、嫌いではない。

……でも、今回は別だ。

徐《おもむろ》に腕組みを解き、ドアを指差す。

「元いた場所に戻してきなさい」

「そんな！　そんな事言わないで、お母さ……カラス！」

誰がお母さんだ。

「駄目だ。どうせオレが面倒見る羽目になるんだから」

「父様には自分で言うわ。カラスに面倒はかけないから！」

捨て犬を拾ってきた娘との押し問答みたいになってきた。これでは本当に母親だ。冗談じゃない。

視界の隅《すみ》で肩を震わせている男の存在に苛《いら》つきながら、オレはグシャグシャと乱暴に自分の髪を掻《か》き毟《むし》った。

この野郎……今、「わん」って言ったの聞こえたからな。笑ってんのも見えてるから。姫さんの見てないところで、細切れにして捨ててやりたい。

「コイツは昔の知り合いでね。たちの悪さもよく知っている。こんな厄介《やっかい》な奴、アンタの手には負えない」

名前を呼んだ時点で顔見知りだと察しはついていただろうが、わざわざ明言したのは、コイツの危険性について理解して欲しかったからだ。

「優しげな見た目に騙されると、痛い目にあうのがオチだ」

「……見た目通りの紳士だとは思っていないわ」

姫さんは眉を下げて、苦笑いを浮かべる。

オレは彼女の言葉に、目を丸くした。

「酷いなぁ、お嬢さん。オレは君に対しては、誠実な紳士のつもりだよ」

「誠実な紳士は人を試したりしません」

姫さんは、冷たい目でラーテを一瞥《いちべつ》する。

ラーテは至極楽しそうに目を細める。今まで見た事のない、満足そうな表情だった。

「じゃあ、訂正。これから先は君にだけは誠実であると誓おう」

「！」

姫さんは少し驚いたような顔をしているが、オレが受けた衝撃の方が大きかった。ラーテは、無駄な嘘は吐《つ》かない。嘘を吐くのではなく表情で、ラーテに都合の良い勘違いをさせるのが常だ。自分が不利になるような条件を、わざわざ口にするなんて有り得ない。

しかも、姫さんはその言葉の重要性を理解していないにも拘《かかわ》らず、だ。

つまり、姫さんに対しての言葉というよりも、オレに聞かせる為のもの。本気で姫さんに仕える気があるのだと宣言したのだ。

「……相変わらず、性格悪い」

舌打ちすると、ラーテは胡散臭《うさんくさ》いほど爽やかな顔で笑った。

「褒め言葉として受け取っておくね」

「どんだけ前向きなんだよ」

ぼそっと呟いた嫌味は聞こえているのだろうが、黙殺された。

本当に食えない男だ。目を伏せたオレは、溜息一つで苛立《いらだ》ちを逃した。

「……娘さん」

「はい？」

「コイツはオレが預かる」

姫さんは一瞬、驚きの表情を見せたものの、すぐにその顔つきは凛々しいものへと変わる。言葉の意味を正しく理解したであろう姫さんに、オレは誇らしさと同時に苦々しさを感じた。

なにが悲しくて、自国の宝に虫がたかるのを手伝わなければならないのか。

「アンタの手元に返せるかどうかは、アンタのお父様次第だと思って」

姫さんは唇を噛み、迷いを振り切るように瞳を伏せる。再び顔を上げた姫さんは、真剣な表情でラーテを見た。

「私は、必ず貴方を迎えに行くとは言えない。それでもいい？」

姫さんは馬鹿正直に、言わなくていい事を言う。本当に駆け引きが下手な人だ。でも、それでいい。その青さと、高潔さ。相反するような思慮深さこそが、人を惹き付けるのだから。

現にラーテは不満そうな素振りを全くみせず、鷹揚《おうよう》に頷いた。

「もちろん。お買い得だって事を、ちゃんと証明してくるから待っていて」

こうしてオレは、物騒《ぶっそう》極まりない元同僚という名の荷物運搬《うんぱん》を請け負った訳だ。

姫さんを近衛騎士団長に託《たく》し、ラーテを連れて、先に王城を目指す。


足に報告書を括《くく》り付け、空へと放す。黒い相棒は、了解とばかりに上空を三度ほど旋回してから、空の彼方《かなた》へ消えていった。

「さて、じゃあ宜しくお願いしますね。先輩？」

にっこり笑うラーテを一瞥した。

その辺に埋めて帰りたい。捨てて帰るとネーベルが汚染されそうだから、きっちり焼却処分して、清々しい気持ちで帰りたい。

「それにしても、久しぶりだね、カラス。まさか生きているとは思わなかった」

「お陰様でなんとか。殺しても死ななそうなアンタと違って、繊細だからね」

「あはは、面白ーい。昔の君ならともかく、今の君はオレと大差ないくらい図太くなっているじゃないか」

「殺されたいの？」

嫌味を綺麗に打ち返してきやがった。

コイツとあとどれだけ一緒にいなきゃならないんだ。城に到着するよりも、心労でオレが倒れる方が先なんじゃないか？

やっぱり、その辺に埋めて帰ろう。姫さんには、色々頑張ったんだけど駄目だったと報告して、その辺で捕まえてきた犬でも代わりにあげよう。それがいい。そうしよう。

「まだ君には殺せないと思うよ」

ラーテはうっそりと笑う。纏う雰囲気が一変した。

心情的な甘さを指摘しているのではなく、技術的に劣《おと》るのだと真正面から告げられて、オレは本気の殺意を覚える。

「……さっさとくたばれ、老害」

吐き捨てると、ラーテは目を細める。さっきまでの胡散臭い顔に戻ったラーテは、酷いなぁと空々しい声で言った。

本当に、忌々《いまいま》しい。

なんだって姫さんは、こんな一歩間違えば劇薬になりかねない危険物を拾ってきたのか。

もう一度溜息を吐き出したい気持ちを抑え、オレは馬の腹を軽く蹴る。ラーテも同じように馬を走らせた。

転生王女の感謝。

「近衛騎士団長のところまで送る」

先に王都へ戻るというカラスを見送ろうかと思っていたのに、逆にそう言われてしまった。

砦内の移動なのに少し過保護ではないかと思ったけれど、魔王を封印した石を持っているからかと思い当たり、素直に甘える事にした。

「オレは？」

「その場で『待て』だ。出来ないなら捨ててくから」

にやにや笑うラーテを一瞥し、カラスは言い捨てる。

はぁい、と間延びした返事に反応する事なく、カラスは私の背を押す。

ラーテを部屋に残し、二人でリーバー隊長の執務室を目指した。

重厚な扉をノックするが、いくら待っても返事がない。

「……移動しちゃったのかしら？」

斜め後ろのカラスを振り返ると、彼は首を横に振った。

私には聞こえなくとも、高性能なカラスの耳には室内の音が聞こえているのだろう。という事は単純に、話し合いの最中でノックに気付かなかっただけか。

躊躇《ちゅうちょ》していると、カラスが「入れば？」と軽く背を押した。

「でも、話の邪魔をしちゃうかも……」

「アンタには聞く権利がある」

カラスの言い方に多少の引っかかりを覚えつつも、扉を開ける。蝶番《ちょうつがい》が軋む音に被せるように、バキッと大きな音が響いた。

私の目に映るのは、握りしめた拳《こぶし》を突き出した姿勢のヴォルター副隊長と、仁王立ちのリーバー隊長だ。

ヴォルター副隊長は激しい怒りを無理やり押さえつけているのか、威嚇《いかく》する獣のように荒い息をしている。対するリーバー隊長は殴られたのだろう左頬を真っ赤に腫らしながらも、足を踏ん張って立っていた。

私はその光景を呆然と見つめながら、自分が入室のタイミングを間違った事を理解する。

見てはいけない場面を見てしまった。

分かっていても、どうしたらいいか分からない。

棒立ちする私には気付いていないのか、会話は続く。

「貴方には失望しました」

吐き捨てるような声だった。

「奥様を愛してらっしゃるのは知っております。失うかもしれないという時に悪魔に囁《ささや》かれれば、惑う気持ちも分かる。それでも……それでも、私は貴方が許せない。貴方を慕う隊員達を迷いなく切り捨てられるならば、何故、責任ある立場など受けた⁉」

ヴォルター副隊長は、リーバー隊長の胸倉をつかむ。

「貴方の罪は、貴方一人の罪ではない。国王陛下は公正な判断をしてくださるでしょう。ですが、大多数の人間はそうではない。裏切り者の率いていた隊が、今後、まともな扱いを受けられると本気で思っておられるのですか」

「！」

思わず息を呑む。

甘ったれな私はそこまで考えが至らなかったが、副隊長の言い分はもっともだった。所属する一人の行動が、そのまま団体の評価へと繋がってしまう事は間々《まま》ある。

私とは違い、リーバー隊長に動揺している様子はない。腫れた頬も血が流れる唇もそのままに、静かにヴォルター副隊長の視線を真っ向から受け止めている。

「姫君」

いつの間にか私の隣へと来ていたレオンハルト様が、気遣わしげな表情で私を覗き込む。

「殿下……」

私の存在に気付いたらしいヴォルター副隊長は、声を詰まらせる。

「とりあえず、もう少し小さな声でね。誰かに聞こえちゃまずいでしょ」

扉を閉めながらカラスが言う。ヴォルター副隊長は僅かに俯き、リーバー隊長から手を放した。

室内に気まずい沈黙が落ちる。

視線を斜め下に固定したまま、暫し逡巡《しゅんじゅん》している様子だったヴォルター副隊長は、意を決したように私を見た。

見つめられて戸惑う私の前に、彼は跪く。

「ヴォルター様?」

苦しげな表情で、ヴォルター副隊長は頭を垂れた。

「貴方様の信頼を裏切る形になってしまった事、申し開きのしようもございません。副隊長という立場にありながら、異変に気付かずにのうのうと暮らしていた自分が、恥ずかしい。この命を捧げた程度で贖《あがな》える罪ではありませんが、どのような処分も謹《つつし》んでお受け致します」

「貴方の罪ではないでしょう」

「いいえ。すぐ傍《そば》にいた上官の裏切りにさえ気付かないなど、軍人にあるまじき愚鈍《ぐどん》さ。責任はエルンスト・フォン・リーバーと、私、イザーク・ヴォルターにあります。今すぐにあの男の首を斬り落とし、己の首も掻っ切れと仰《おっしゃ》るならば、すぐにでもそのように」

そう言ってヴォルター副隊長は、剣の柄《つか》に手をかける。

私は青くなりながら、慌てて頭を振った。

「止《や》めてください!」

そんなものは望んでないし、正直、見たくない。

「ヴォルター様。もし貴方に罪があるというのなら、裁くのは私ではありません。そして同じく、リーバー様を裁くのも貴方の役目ではありません」

ヴォルター副隊長は弾かれたように顔をあげた後、恥じ入るみたいに瞳を伏せた。

「……貴方様の仰る通りです。感情的になって、申し訳ありませんでした」

今度はゆっくりと、首を横に振る。

冷徹な彼が感情的になっているのは、それだけリーバー隊長を信頼していたからだ。

そして、部下であり仲間である隊員達を、必死に守ろうとしているから。

唇を引き結び、表情を変えずに立ち尽くすリーバー隊長も、きっと同じ。一言も弁解《べんかい》しないのは、大切な仲間を裏切ってしまった自覚があるからだろう。

どうにかしてあげたいと思うのは、たぶん傲慢だ。

簡単に踏み込んでいい問題ではないし、それに私のような小娘に出来る事なんてないに等しい。

……それでも、謝罪一つで済ませたくない。

自分を一つも正当化しない人達の前で、『助けてあげたいけれど無理な理由』なんて言いたくなかった。

「レオン様、カラス」

私は二人を振り返る。すぐ傍に立っていたレオンハルト様は、短く返事をして、扉に凭れかかっていたカラスは、無言で小首を傾げる。

「情報は、どこまで洩れているでしょうか？」

「エルンストの家人達には、口外を禁じておきました。エルンストが信頼して話した二人は、古くからリーバー家に仕えている者達ですので、言われずとも洩らしたりはしないでしょうが」

唐突な問いに戸惑う事なく、レオンハルト様は淀《よど》みなく答えてくれた。

そして引き継ぐみたいに、今度はカラスが口を開く。

「ラプターにも情報は洩れてないはずだよ。ラーテは口封じも兼ねて、ラプター側の刺客を全員消したみたいだし、そもそもあの男は自分しか信用していないから。砦内も、執務室周辺に人影はなかったから大丈夫でしょ」

つまり、リーバー隊長の裏切りを知るのは私達だけ。

心の中で呟いた言葉が聞こえたかのように、カラスは冷たい目で一言付け加えた。

「でも、握り潰せないよ」

「……分かっているわ」

一瞬揺らぎそうになったが、情報を握り潰すつもりはない。

どんなに『そうしたい』と思っても、してはいけない事がある。人として、王族の一人として。

小さく頷くと、カラスは満足そうに笑う。

よく出来ましたと言いたげな顔は、以前は試しているみたいに見えたのだが、最近になって躾《しつけ》をする保護者の顔に見えてきた。

「おそらくですが、リーバー様の罪状《ざいじょう》は国民に発表されません」

私がそう言うと、ヴォルター副隊長は目を瞠る。

「どのような処分になるにせよ、別の名目で公表されるはずです」

今回の事件を公《おおやけ》にするのは、リーバー家はもちろんの事、国境警備隊にも大きなダメージとなるが、国も無傷とはいかない。

国境警備隊の隊長が裏切ったという事実は、国防や国家の信頼問題にまで影響を及ぼす可能性がある。

ならば、公表は愚策。

とはいえ、無罪放免にしてしまえば、前例をつくる事になる。

だとしたらおそらく、リーバー隊長の処分は内々に行われる。

最悪の処罰だったとしても、病《やまい》や事故と発表されるだろう。

「だとしたら、隊員達を……守る事が出来る……？」

ヴォルター副隊長は、小さな声で呟いた。

呆然と佇む彼の白い顔に、僅かに血色が戻り始めている。それを暫く見守っていた私は、少し躊躇してから口を開いた。

「ヴォルター様は先程、私の信頼を裏切ったとおっしゃいましたよね？」

「はい」

理知的な美貌が、苦痛を堪《こら》えるみたいに歪む。

ああ、やっちゃった。責める為に繰り返した訳じゃないのに。

「確かに、リーバー様は一度だけ揺らぎました。ですが、一度だけです」

「一度でも二度でも同じ事です」

頑なな口調で、ヴォルター副隊長は告げる。

「そう、なんでしょうけど。でも、貴方達の協力なくしては、私は目的を成し遂げられなかったのも事実なんです」

私の言葉に、驚いたのはヴォルター副隊長だけではなかった。

無表情だったリーバー隊長は、驚きと困惑の表情を浮かべている。

でも、これは事実。

リーバー隊長が神殿の場所を調べてくれなかったら。ヴォルター副隊長の民話の資料がなかったら。私はきっと、魔王まで辿り着かなかった。

「それに、国境警備隊の皆さんが守ってくださるから、私達は安心して暮らしてこられたのです」

リーバー隊長という実力者が砦の隊長だった事は、ラプターへの牽制《けんせい》にもなっていただろう。

それに国境警備隊の皆がこの地を守っていてくれたからこそ、戦争は起こっていない。ゲームの中のように、悲惨な状況に追い詰められずに済んだ。

「一度の過ちでも、なかった事には出来ません。けれど同じように、貴方達の助力や功績も、なかった事にはならない」

たとえ綺麗事だと言われても、これだけは伝えたい。

「守ってくださって、ありがとうございます」

たくさん協力してくれて、ありがとう。

いつも守ってくれて、ありがとう。

たぶん他にもいっぱい、感謝するべき事はあるけれど。これ以上はきっと、嘘くさくなるから、これくらいが丁度いい。

「……もったいない、お言葉です」

図らずも重なった二人の声は、同じように掠れていた。

相変わらず甘いね、なんて言いながらカラスは部屋を出ていく。そのまま王都へ帰るのだろう。

レオンハルト様は、何も言わずに微笑む。

優しく細められた黒い瞳は、カラスの眼差《まなざ》しに少し似ているような気もしたけれど、不思議と子供扱いされているとは思わなかった。

転生王女の帰還。

カラスに遅れる事、一日。

国境警備隊の指揮を一時的にヴォルター副隊長に託し、私達は城へと帰還した。

到着するとカラスが現れ、リーバー隊長を何処かへ連れていこうとする。

一緒に行きたいが、きっと駄目だろう。私は邪魔になるだけだ。

リーバー隊長の後ろ姿をじっと見つめていると、カラスが苦笑した。

「すぐにはどうこうしないから、そんな顔しないでよ」

自分ではどんな顔をしていたか分からないけれど、たぶん情けない表情をしていたんだと思う。

カラスは茶化すみたいに、「アンタの番は明日らしいから、自分の心配でもしてな」となんとも不吉な言葉を残して消えた。

レオンハルト様は私をクラウスへと預けてから、カラス達の後を追った。

ラーテの事も気になるけれど、その話も明日のようだし。取り敢えず自室に戻ろうと顔を上げると、クラウスと目が合う。久しぶりに会った専属護衛騎士は、満面の笑みを浮かべていた。

「お帰りなさいませ！」

キラキラと輝く目と、紅潮した頬。若干上擦《うわず》った声でそう言った彼の背後に、ブンブンと振っている尻尾の幻覚が見えるようだ。

「た、ただいま……？」

勢いに気圧《けお》されつつも返すと、クラウスは更に笑み崩れる。

「お帰りになる日を、指折り数えてお待ちしておりました。再び貴方様の護衛の任に就ける事は、この上ない喜びでございます」

甘ったるい笑顔から、思わず目を逸《そ》らす。直視すると目を痛めそうだ。食事はまだなはずなのに、物理的に胸焼けがする。

おかしいな……。クラウスもすっかり落ち着いたと思ったんだけど、勘違いだったんだろうか。

でも、レオンハルト様に突っかかったりしなかったし。ただ単に、久しぶりだからクラウスのテンションに慣れていないだけなのかな。

「護衛に戻るという事は、体の方はもう大丈夫なのね？」

諸々の問題発言をスルーし、気になっていた部分だけを問う。

するとクラウスは嬉しげに目を細めた。最早《もはや》、イケメンでも許されないレベルに顔面が崩壊している。でろっでろだ。

孫に向けるおじいちゃんの眼差しと同じ種類に見える。笑顔で強請《ねだ》ればお小遣いくらいくれそうな勢いだ。

「心配してくださったのですね。ありがとうございます。体調は万全ですし、問題なく戦えます」

頼もしい言葉に頷いてから、ふと思い出す。

お小遣いはいらないけれど、おねだり、もとい、話しておかなければならない事を。

話しかけるタイミングを図っていると、クラウスは何かを思い出したような顔をした。

「ローゼマリー様。お部屋に戻る前に、ご案内したい場所があるのですが」

「？　分かったわ。お願い出来るかしら」

生まれ育った城の中で、案内したい場所ってなんだろうと思いつつも了承する。クラウスが私を危険な所に案内するとも思えないし。その辺りは信頼している。

その案内したい場所とやらにつく前に、話しておいた方がいいかな。

こほん、と一つ咳払いをしてから、さも今思い出したという態《てい》で話しかけた。

「……そういえば、クラウス。まだ、そうと決まった訳じゃないんだけれど」

「はい？」

じゃれつく子犬のように、キラキラとした目でクラウスは返事をする。

久しぶりに会うと、光度《こうど》が半端ないな……。

若干目を眇《すが》めつつ、話を続けた。

「もし、私に護衛が増えるとしたら……」

言った瞬間、体感温度が数度下がった気がした。

ざわりと一瞬で鳥肌が立ち、続く言葉を飲み込む。

恐る恐るクラウスの方を窺うと、彼は笑顔のまま表情を凍りつかせていた。

悲鳴を上げそうになったのを、既《すんで》のところで堪える。

キラキラとした目から、ハイライトが消えたように見えるのは目の錯覚だろうか。そうだ、見間違いだ。差し込む光の角度が変わっただけ、うん、絶対そう。

「ク、クラウス？」

自分に言い聞かせながら、一歩後退《こうたい》する。

震えた声で呼びかけると、翠《みどり》の瞳はにっこりと三日月の形に細められた。

「万全だと思っていたのですが、耳の調子があまり良くなかったようです。もう一度、お聞きしても？」

「…………」

クラウスの完璧な笑顔を見つめながら、私は無言で震えた。

こっわ。なにこれ怖い。

足元に纏わり付いていた子犬に、唐突に噛まれた気分だ。

ヤンデレ属性なんていらないの。お願い、どっかに捨ててきて。

「ローゼマリー様？」

軽く首を傾げたクラウスの顔は、子犬とは言い難《がた》い。爽やかな変た……ではなく、爽やかな護衛騎士は狼の顔で笑った。

逃げ出したくなる気持ちを叱咤《しった》して、ゴクリと喉を鳴らす。

ここで逃げ出しても何の解決にもならない。ていうか逃げても絶対ついてくるし。

深く呼吸をしてから、クラウスと目を合わせた。

「護衛とはちょっと違うけれど、私に協力してくれる仲間が増えるかもしれないの」

そう言うと、クラウスの顔から迫力のある笑みが消えた。

パチパチと数度瞬《またた》く。

少し考える素振りを見せてからクラウスは、「かしこまりました」と恭しく応えた。

「……えっ」

笑顔で脅しておいて、それだけなのか。

戸惑う私を見て、クラウスは少し笑った。さっきの怖い笑顔ではなく、いつもの笑顔ともちょっと違う。年上だと感じさせる落ち着いた笑みだ。

「貴方様の味方ならば、敵対する理由がございません」

「クラウス……貴方」

過去のクラウスに聞かせてやりたいセリフだな。

私の味方であるレオンハルト様に突っかかりまくった人の言葉とは思えないわ。

心の中でツッコみながらも、言葉には出さない。

彼が本気でそう思っているのなら嬉しい変化だからだ。

「完全に貴方様の味方であると確認が出来れば、ですが」

「……えっ？」

不穏な空気を肌で感じた私は、足を止める。

私が立ち止まった事に気づいたクラウスは、数歩先で振り返った。如何《いかが》されましたか、と問う彼におかしなところはない。

さっきまでの凄みのある笑顔ではなく、普段のクラウスだ。

でも、それが余計に怖い。

「今の言葉は、どういう意味？」

「意味ですか？　そのままです」

クラウスは、きょとんと目を丸くした。

「白とも黒ともつかない者を、貴方様のお傍に置く事は出来ません。疑わしい野良犬は、噛み殺してしまうかもしれませんね」

冗談めかして言うが、目が笑っていない。

あはは、と軽やかに響く笑い声に、私はひくりと口の端を引《ひ》き攣《つ》らせた。

クラウスは確かに、前と変わった。

私を守る事を第一に考えてくれているみたいだし、私の意思を無視したりもしない頼もしい護衛になったと思う。

ただ、ちょっと……ううん、結構扱いが難しくなってないですか？

そして、ラーテと相性が良くなさそうだなって思うんだけど、これって考えすぎ？

加入予定の仲間の顔を思い浮かべ、私は無意識に胃の辺りを押さえた。

私の周りに個性的な人が多いのは、今に始まった事ではない。

ラーテ一人増えたところで、変わりない。大丈夫、大丈夫。どんまい、わたし。

「ローゼマリー様？」

どうしたの？　と言いたげな目で見つめられ、乾いた笑いが溢《こぼ》れた。

どうしたの？　はこっちのセリフだ。どうしたんだ、クラウス。いつの間にそんな取扱注意の危険物になった……いや、それは前からか。危険の種類が変わっただけで、危険物だったのは前からだわ。

「なんでもないわ」

頭を振ると、クラウスは不思議そうな顔をしながらも再び歩き始めた。

そういえば、何処かに案内してくれている途中だったんだっけと思い出し、その後に続いた。

随分と端の方まで行くんだな。

方向的に温室へと向かうのかと思いきや、途中で道を外れた。このままでは、屋外に出てしまう。

「クラウス……いったい、何処に行くの？」

「マリー様！」

クラウスを見上げた私の声に被せるように、女の子の声がした。

そちらを見ると、小柄な少女が駆け寄ってくる。

小麦色の肌をうっすらと上気させた彼女は、蜂蜜《はちみつ》色の瞳を輝かせていた。少し伸びたアッシュグレーの髪が、肩口で揺れる。

「おかえりなさいませ、マリー様！」

「リリーさん！」

駆け寄ってきたのはクーア族の少女、リリーさんだった。

私が両腕を広げて待ち構えると、彼女は少し躊躇してから、私の腕の中に飛び込む。

細身の体をぎゅっと抱きしめると、控え目ながらもリリーさんも抱きしめ返してくれた。

出迎えようと思っていたのに、私の方が出迎えられてしまった。

「ただいま帰りました」と笑うと、リリーさんも嬉しげにはにかんだ。

出会った当初より、随分と表情豊かになったなぁ。

「ネーベルに到着していたんですね。皆一緒ですか？」

「はい。薬や道具の移送や植物の植え替えがあるので、何人かは往復しておりますが、最終的には全員来る予定です」

それは嬉しい誤算だ。半分以上の人は村に残ると思っていたけれど、全員来てくれるのなら頼もしい。

でも村がなくなってしまうのかと思うと、複雑な気持ちだ。

私の行動によって、沢山の人の人生が変わっている。後悔はしていないけれど、改めて責任重大だと感じた。

「マリー様？」

考え事をしていた私は、リリーさんの気遣うような声で我に返る。

「お疲れなんですね。少しおやすみになった方が……」

「ううん、違うんです。少し会わない間に、リリーさんが綺麗になったなって思って」

私がそう言うと、リリーさんの頬がぽぽっと赤くなる。

実際、リリーさんは綺麗になったと思う。元々端整な顔立ちをしていたが、表情が豊かになった事で何倍も魅力的になった。

「そんな訳ありません。マリー様が村で料理を振る舞ってくださって以来、食欲が増加してしまって太ったくらいです」

確かに、前よりも肉付きがよくなった気はする。でも、リリーさんは前が細すぎたのだ。

今だって標準よりは細いくらいだし。健康的になった分、年相応の美人に近づいている。私の食育（？）の成果だと思うと誇らしい。

「それに、綺麗になったのはマリー様でしょう」

リリーさんは少し体を離して、私をじっくりと眺める。

「村で一緒に生活していた時も綺麗な方だって思っていたけれど、更に磨きがかかりました。本当に、お姫様なんだって……あ、マリー様なんて馴れ馴れしく呼んじゃ駄目ですよね。王女殿下とお呼びするべき……」

「泣きますよ。それ実行したら、本気で号泣しますからね」

少し寂しげに表情を陰らせて言うリリーさんに、私は食い気味に抗議した。

ぎゅっと両手を握ると、リリーさんは驚いたのか目をパチパチと瞬かせる。その後、花開くように笑った。

「じゃあオレも、そのままでいいか」

「却下。不敬罪で投獄《とうごく》されたくなければ、王女殿下と呼んでください」

リリーさんの背後からひょっこりと現れたのは、クソガキことロルフだ。

「なんでリリーは『マリー様』でよくて、オレは『王女殿下』なんだよ⁉」

「心の距離ですね」

秒で却下するとロルフはブーブーと文句を言っているが、貴方の呼び方『ブス』だからね。良い訳ないだろ。

「アンタらは本当、仲良しねぇ」

いつの間にか来ていたヴォルフさんは、呆れ混じりに呟く。

それから、私の背後に立つクラウスに向けて話しかけた。

「マリーを連れてきてくれたのね。ありがとう」

「お前の為ではない。ローゼマリー様が喜ばれるだろうと思っただけだ」

クラウスはフンと鼻を鳴らし、ツンデレじみたセリフを言った。

そっか。私がクーア族の皆の事を気にしていると思って、案内してくれたんだな。

「ありがとう、クラウス」

「勿体《もったい》ないお言葉です」

ヴォルフさんと似たような言葉をかけたにも拘らず、満面の笑みを頂きました。

変わり身の早いクラウスに、ヴォルフさんは怒るのではなく笑っている。

クラウス……君はもうちょっと、色んなものを包み隠した方が良い。

「そういえば聞いたわよ、マリー。アンタ、凄く面白い案を出したのね。薬の研究や教育も視野《しや》に入れた医療《いりょう》施設なんて、夢のようだわ！」

「私は単に思いついた事を口にしただけで、細かい部分は丸投げの素人ですよ。実現するのは皆さんのお仕事になります」

「もちろん、喜んで参加するわ」

ヴォルフさんだけでなく、リリーさんやロルフも目を輝かせている。お医者様の卵は、順調に育っているみたいだ。

「そういえば、施設はこの辺りに建てる予定なんですかね？」

「別の場所のようよ。この辺りの一部を、薬の材料である植物の栽培場として開放してくれる予定らしいわ。今は土を入れてくれているところね」

城の敷地内につくるのかと思いきや、病院建設予定地は別にあるらしい。一般市民にも開放する予定だから、城下町につくるのかな？

それにしても、植物の栽培場か。ちゃんと機能してくれるといいけど。

「植物の種類によっては、場所を変えないと根付かないですよね。明日は父に会うので、至急、候補地を検討してもらえるよう要請しておきます」

「もう動いてくれているみたいよ。でも、急がなくても大丈夫みたい」

さすが父様、仕事が速いな。

それにしても、急がなくて大丈夫とはどういう事だろう。高地にあった全ての植物が、王都の環境に適応出来るとは思えないのに。

私の疑問を表情から読み取ったように、ヴォルフさんは建物から外へと顔を出した。誰かを手招きで呼んでいるようだ。

「なんでしょう？」

ひょっこり顔を出したのは、ローブに身を包んだ細身の青年。植木鉢を両手で持った彼は、私を見て目を丸くしている。

「あ、王女様。お帰りなさい」

眉を下げて、へにゃりと笑うのは地属性の魔導師見習い、ミハイル・フォン・ディーボルトだった。

ほっこりとする笑顔に癒やされながら、「ただいま」と返事をする。

「凄いのよ、彼。どんなに扱いの難しい植物でも、簡単に育てちゃうんだから」

ヴォルフさんは、ミハイルの首を引き寄せるみたいに肩を組んだ。人とのコミュニケーションが苦手なミハイルは、目を白黒させているが、嫌がっている様子ではないのでそのままにしておく。

そういえば、地属性の魔導師の力って、人間の治癒力を高めるだけじゃなかったね。植物の成長を早めたり、手助けしたりも出来るんだった。

ミハイルがいてくれれば、百人力だ。

ワイワイと楽しげに話すヴォルフさんやロルフ、ミハイルを見ていると微笑ましい気持ちになる。

魔力持ちとして、人と関わる事を怖がっているフシがあるミハイルだったが、どうやらクーア族との相性は抜群のようだ。

ふと、魔力持ちという単語から連想して、ルッツとテオの顔が頭に思い浮かぶ。

彼らは今頃、何をしているんだろうか。私が辺境の砦に出発する前から忙しそうにしていたけれど、用事は片付いたのかな。

あとで様子を見に行ってみようと、胸中《きょうちゅう》で呟いた。

或る密偵の憂《うれ》い。

「お連れしました」

国境警備隊隊長を伴い、執務室に入る。陛下は書類から顔を上げずに、平坦な声で「暫し待て」と告げた。

追いついてきた近衛騎士団長は、扉の前で待機するらしい。

人払いはしてあるが、万が一の時の為に見張りをしてくれるのは有り難い。

閉めた扉に背を凭せ、腕を組む。だらけた格好だが、無礼だと咎《とが》める人間もいないし、陛下はそんな事気にしない。緊張した面持《おもも》ちの隊長は、直立不動の姿勢で待つようだ。

「座っていろ」

長い指がぞんざいな動作で、ソファーを指す。

少し躊躇してから、隊長は言われた通り腰掛ける。オレはこのままでいいやと思ったが、「お前もだ、カラス」と名指しされてしまったので、渋々隊長の隣に座った。

カリカリと一定の速度でペンが走る音だけが、室内に響く。

特にやる事もなく暇なので、陛下の顔を不躾《ぶしつけ》に眺める。絹糸のようなプラチナブロンドが、白皙《はくせき》の美貌に影を落とす。薄い青の瞳は透明度が高く、光が差さずとも全く美しさを損《そこ》なわない。整いすぎた顔立ちは人間味が薄く、彫像のようだ。

男の顔がいかに整っていようとも意味がないと思っていたが、ここまで綺麗だと性別を超越《ちょうえつ》して見惚《みと》れてしまう。もちろん、下世話な意味ではない。芸術品を眺める感覚に近いかな。

姫さんも整った顔立ちだが、色彩以外はあまり似ていないように思う。

それはたぶん、姫さんが表情豊かだからだろう。彼女の美しさの源が内側から溢れる生命力ならば、陛下は真逆だ。無言で動きを止めている時が、一番美しい。

陛下の場合、少しでも話そうものなら、顔の造作なんてどうでもよくなるくらい、迫力があるからな。いや、視線一つ寄越《よこ》されただけでも、硬直する人間は多いだろう。

そんな事をぼんやり考えていると、コトンとペンを置く音がした。

陛下はサインを終えた書類を適当に積み上げると、席を立つ。

「待たせた」

そう言って陛下は、オレ達の向かいのソファーへと腰を下ろした。

隣に座る隊長は、ゴクリと喉を鳴らす。背筋を伸ばした彼と、陛下は目を合わせた。

「久しいな、リーバー。壮健《そうけん》か」

無表情で淡々と言われると、嫌味なのかどうかの判別も難しい。

まぁ、裏切り者に対して『よお、元気か？』なんて嫌味以外の何ものでもないが。

「……お久しゅうございます。愚かな行為をしでかした挙げ句、おめおめと生き延びて、御前《ごぜん》まで参りました」

隊長は真面目な顔をしたまま、頭《こうべ》を垂れた。

陛下はつまらんと言いたげな顔で、フンと鼻を鳴らす。

「言い訳一つしないか」

「弁解の余地もございません」

クソ真面目に隊長は返す。

「私は、北方の辺境の砦という重要拠点をお任せいただいたにも拘らず、敵の甘言《かんげん》に惑わされた裏切り者です。どうか裁きを」

「そう急《せ》くな」

陛下は腕を組み、溜息を吐く。

「暫く会わなかった間に、随分と真っ直ぐな男になったものだな。どいつもこいつも捻《ひね》くれた性格を矯正《きょうせい》されおって。まったく、一体どこの猪《いのしし》の影響だ」

陛下は『どいつもこいつも』の辺りで、冷めた目でオレを一瞥した。性格を矯正された覚えはないが、つい目を逸らす。

猪突猛進《ちょとつもうしん》ばかりするどこかの娘さんの影響を、全く受けていないと言えば嘘になるからだ。

それにしても、エルンスト・フォン・リーバーは、オレの目には元々真っ直ぐな男に見えていたが、そうではなかったという事か。

……いや、言われてみれば、愛する女以外の全てを捨て去る一途さは、真っ直ぐとは言い難いな。歪みと呼ぶに相応《ふさわ》しい。

隊長は僅かに口角を上げる。

「傲慢で身勝手な行動ばかりとった私ですが、お陰で目が覚めました。あの方のひたむきなまでの真っ直ぐさは、私には美点に思えます」

隊長の言葉を聞いて、陛下は眉間《みけん》にシワを寄せる。

「アレに振り回される人間の多さを知っていて、それを言うか」

「それもあの方の人徳《じんとく》かと」

「人徳ね。……まぁ、いい」

呆れ混じりに呟いた陛下は切り替えるように、一度目を伏せる。

再び現れた薄青の瞳は、普段の冷徹な光を取り戻していた。

「本来ならば数日かけて調書をとり、処分を検討するところだが、お前の立場と影響力を考慮すると悠長に構えている訳にもいかん。内々に事を済ませたい」

姫さんの予想した通り、陛下は隊長の裏切りを表沙汰《おもてざた》にするつもりはないらしい。

敵国との国境にある防衛地点が内部崩壊していますよ、なんて宣伝しても良い事は一つもないからな。

「報告は受けているが、改めて聞く」

一呼吸空けて、陛下は口を開いた。

「ラプター王国の間者《かんじゃ》に内通し、我が国の情報を渡した事に間違いはないか」

「はい。間違いございません」

神妙に頭を垂れた隊長に、陛下は目を眇める。

「ならばエルンスト・フォン・リーバーには、事故にあってもらおう。国外での任務へ向かう途中で、馬車が谷底に落ちたのだ」

秘密裏《ひみつり》に死ねと、陛下は眉一つ動かさずに命じた。

こうなるだろうという予想はしていたが、姫さんの顔が脳裏を過《よ》ぎって、なんとも苦い気持ちになる。

姫さんは自分の立場というものを理解しているので、陛下を恨みはしないはずだ。おそらく納得もする。

でも、きっと悲しむだろう。納得した自分を責めて、苦しむのだろうな。

「御意《ぎょい》に」

隊長は即答した。

その潔さが今は恨めしい。だが、責めるのはお門違《かどちが》いだろう。自分の命を諦めているのではなく、彼にはそれ以外の選択肢がない。

無駄に足掻《あが》いても、周囲の人達を苦しめるだけだと分かっているからこその即答だ。

隊長は、死を宣告されたとは思えない穏やかな顔つきだった。

「ならば、カラス。この男は、お前に任せよう」

「……かしこまりました」

一瞬、声が詰まりかけた。

ネーベルに来てからの日々があまりにも平和で、自分がどういう存在なのかを忘れかけていた。

オレの手はとっくに血塗《まみ》れだ。今更、誰を殺そうと変わらないじゃないかと、自嘲気味な独り言を心の中で呟く。

表情に変わりはないはずだ。

しかし隊長はオレの顔を見て、眉を下げる。

「陛下。厚顔《こうがん》ながらも、お願いがございます」

「なんだ」

隊長の言葉に、陛下は気を悪くした風もなく続きを促《うなが》す。

「誰の手も煩《わずら》わせる事なく、最期は自分の手で終わらせる事をお許しください」

自害する許可を、と隊長は言う。

その言葉は、おそらくオレへの気遣いだ。

二度と姫さんの目を、正面から見られなくなってしまうオレの為。

情けない。もうじき死ぬ人間に、何を言わせているんだ、オレは。

「余計な気遣いは無用だ。仕事はきっちり遂行する」

「しかし……」

ぴしゃりと撥《は》ね除《の》けても、隊長はオレを心配そうに見る。

アンタは自分の心配でもしていろと、言ってやりたい。

陛下はオレ達二人を順番に眺めてから、呆れたと言いたげに眉を顰《ひそ》めた。

「お前達は何を言っている」

オレはたぶん、間の抜けた顔をしている事だろう。隊長の方に視線を向けると、困惑した目とかち合った。

「誰がお前に死ねと言った。私は、エルンストを消すと言っただけだ」

「おそれながら、陛下。お言葉の意味を詳しく教えていただけますか」

戸惑いながら隊長が問いかける。

「お前は、何も持たない名無しの男になる。地位も家族も仲間も全て、今日限りで捨てろ。これからはネーベル王国の影として、残りの人生の全てを国に捧げよ」

隊長は、驚愕《きょうがく》に目を見開く。

オレも同じように動揺しているが、受けた衝撃は比ではないだろう。

「それ、は……あまりにも、過ぎたご恩情《おんじょう》かと」

掠れた声を絞り出す隊長は、酷く狼狽《ろうばい》している。

「お前を哀れんでの措置ではない」

陛下は常と変わらず、冷えた眼差しで隊長を見た。

「お前を殺しても、我が国に利はない。だが、このまま要職に就かせてもおけない。そして理由を公開出来ない以上、適当な場所に飛ばすのも、解任するのも難しい。ならば、その命を使い潰すくらいしか、残された道はないというだけの話だ」

丁度、使える手駒《てごま》を増やしたいとも思っていた、と淡々と呟く。

手駒とか、使い潰すとか物騒極まりない言葉が並ぶ。

実際、全てを捨てて生きるのは決して楽な道ではないだろう。大切な家族にも仲間にも、もう自分だと名乗る事さえ出来ず、孤独に生きて孤独に死ぬのだから。

それでも、最悪ではない。

死んだら、それで終わりだ。生きていれば、なにか出来る。もしかしたら大切な人達を、陰から守る事だって出来るかもしれない。

「どうしても死にたいというなら止めはしないが、どうする。密偵をやるか?」

「……謹んでお受けいたします……っ」

くしゃりと顔を歪めた隊長は、震える声でそう言った。

転生王女の吃驚《きっきょう》。

くあ、とあくびが洩れる。

普段なら我慢するところだが、今は夜中の自室。見ているのは可愛い愛猫《あいびょう》だけで、はしたないと注意される事もない。見上げてくるクリクリお目々が呆れているように見えるのは、気の所為だ。うん、気の所為。

読みかけの本に栞を挟んで、テーブルの上に置く。

寝る時間には少し早いけれど、今日はもう休もう。

旅の疲れもあるが、何より、明日は圧迫面接開催日。英気を養う為にも、可愛いネロと温かい布団に癒してもらうんだ。

ひざ掛けにしていたショールを羽織《はお》り、ソファーから腰を上げる。

ネロは呼ばずとも、足元へと駆け寄ってきた。すり、と足首に頭を擦り付ける可愛い子を抱き上げてから、一度足を止める。

テーブルの上に置いてある小さな箱を、ちらりと盗み見た。

手のひらサイズの小箱の中には、大変な思いをして入手した石が収められている。

このまま放置していい訳ないよね……？

でも正直、肌身離さず持っていたい物ではない。枕元に置いておくと、なんか悪夢を見そうだ。

カラス経由《けいゆ》で父様に渡してしまいたかったけれど、指示されなかったという事はおそらく明日まで持っていろって意味だろうし。

暫く箱を睨《にら》みつけていた私だったが、にゃーん、とネロに促されて覚悟を決めた。箱を掴んで、ベッドへと向かう。

一晩くらい、我慢だ、我慢。

「魘《うな》されていたら、起こしてね？」

抱き上げたネロに話しかけると、小首を傾げた。ああ、かわいい。

この子が一緒ならきっと、悪夢になんて負けない。

だらしなく頬を緩めた、その時。ふいに扉が鳴った。

「えっ？」

驚きに、思わず声が出た。

まだ真夜中とは呼べないが、決して人を訪問していい時間帯ではない。

しかも私は、成人を目前に控えた王女だ。

「……はい」

聞き間違いかと思いながらも、返事をする。

「遅くに申し訳ございません。……その、お会いしたいと仰っているのですが」

申し訳無さそうな護衛騎士の声が、訪問者の存在を告げた。

突然の訪問者と聞いて頭に思い浮かんだのは、魔導師誘拐事件の夜。夜中に前触れもなく訪れた兄様を思い出して、体が強張《こわば》った。

また何かあったのだろうか？

「どなたですか？」

緊張に掠れた声で誰何《すいか》する。

「私だ。入るぞ」

返ってきた声が誰のものであるか考える間もなく、ドアが開いた。

現れた綺麗な顔を、唖然《あぜん》としながら眺める。

理解が追いつかない。何故とかどうしてとか、非常識にも程があるとか、色んな言葉が思い浮かぶけれど、声には出せなかった。

ぽかーんと口を半開きにして見上げる私を一瞥し、その男は鼻で笑う。

「間抜けな顔だな」

「！」

瞬時に驚愕が怒りに塗り替えられる。

しかし男は私の様子を気にした風もなく、すたすたとソファーへと歩いていく。どっかりと腰掛ける姿は、堂々としているというより図々しいと思う。

早く座れと言わんばかりに視線を寄越され、怒鳴りたい気持ちを懸命に我慢した。

ここでブチギレても、この男が反省なんてする筈もない。それどころか、夜中に騒ぐなとかふざけた文句を言われるのがオチだ。

さっきまで座っていたソファーへと戻る途中、私の腕からするりとネロが下りる。賢い愛猫は面倒事を察知したのか、チリンチリンと涼やかな鈴の音を響かせながら、ベッドへと向かった。

癒やしに逃げられてしまった私は溜息を一つ吐き出して、覚悟を決める。

男の向かいの席に座って、早々に口を開いた。

「どのようなご用件でしょうか？　父様」

「仕事が思いの外、早く片付いたのでな。用がなければ来ては駄目だったか？」

何言ってんだ、コイツ。

駄目に決まってるでしょうが。

綺麗すぎる顔を眺めながら、私は心の中で呟いた。

これを言ったのが兄様なら、照れつつも喜ぶだろう。だが、相手は父様だ。

軽く首を傾げる仕草は、恐怖以外の何ものでもない。早く帰れと塩を撒《ま》きたいところだが、そうもいくまい。

「……夜遅くに淑女《しゅくじょ》の部屋を訪問するほど、なにか急ぎの御用があったのかと」

「淑女」

何故、そこだけ鸚鵡《おうむ》返しした⁉

無表情なのに馬鹿にされているような気がする。いや、たぶん絶対馬鹿にしている。

「お仕事が早く終わったのでしたら、私の事などお気になさらず。たまには夫婦水入らずで、ゆっくり過ごされたら如何ですか？」

暇なら母様の機嫌でもとってこいよ、と言外《げんがい》に追い出してみる。

しかし、父様が簡単に思い通りになる筈もなく。

「ならばお前も共に来るか。親子の交流も同じくらい大切だろう？」

サラッと提案してきたが、そんな恐ろしいイベントに参加するのは絶対にゴメンだ。

父様だけでも辛いのに、そこに母様の上乗せとか。とんだ苦行《くぎょう》じゃん。私の胃の耐久度を試したいの？

「とても魅力的なお誘いですが、遠慮しておこうと思います。父様が会いにいってさしあげたら、きっと母様は喜びますよ」

引き攣った笑みを浮かべると、父様は何故かじっと私の顔を眺める。

「お前が行ったら、喜ばないと？」

「えっ？」

当たり前過ぎる問いに、思わず素で驚いてしまった。

何を真顔で言っているんだろう。母様が私の訪問を喜ぶ訳ないでしょうが。

たぶん心の声は全部、顔に出ていたと思う。「なるほど」と端的《たんてき》に呟いた父様は、それ以降黙ってしまった。

どうしたんだろう。

この人が、親子の不和で悩むような可愛げがあるとも思えないし。

不思議に思いつつも見守っていると、父様は俯けていた顔をあげた。

「まぁ、いい。冗談はこのくらいにしておこう」

無表情でそんな事を言って、勝手に話を切り上げる。なんだろう、この自由人。

アンタの冗談は面白くない上に分かり難《にく》いと、誰か突っ込んでほしい。

ジト目で見る私を無視し、父様は私が持っている小箱へと目を向ける。

「それが、例のものか」

言われて、膝の上の箱の存在を思い出す。

頷いてから、机の上へと置いた。

「はい。ご所望《しょもう》の品です」

父様の方に向けて、箱を慎重に開ける。

中に収められた拳大の石を見て、父様は軽く眉を顰めた。

これが？　と言いたげな目に反感は湧かない。

どう見ても、道端で拾ってきた石ころだもんね。逆の立場だったら、私だって疑うと思うし。

かといって、本物である証拠を出せと言われても困る。割って魔王を出さない限り、証明なんて出来ない。

どうしたものかと悩む私の予想を裏切って、父様は『本物か』とは問わなかった。

「そうか」

父様は静かな声で、そう一言だけ告げる。

傍若無人《ぼうじゃくぶじん》な父様らしからぬ様子に、私は戸惑う。薄青の瞳が、石から私へと向けられ思わず身構える。

「よくやった」

想像していた言葉とはあまりにもかけ離れていて、一瞬、なんて言われたのか理解出来なかった。

よくやった？

混乱した頭で言葉を繰り返す。

母国語であるはずなのに、遠い異国の言葉のようにさえ感じた。意味は分かるけれど分からない。

「精鋭部隊でも難しいであろう大任《たいにん》を、よくぞ果たした。大儀《たいぎ》であった」

まさか労《ねぎら》われるなんて思ってもみなかった。

だからか、喜びよりも戸惑いの方が大きい。

ウロウロと視線を彷徨わせる私をどう思ったのか、父様は溜息をつく。

「誉めているのだから、素直に受け取れ」

「……今までの言動を振り返ってから仰ってください」

つい憎まれ口を叩いてしまう。

だって、誉められた事なんて一度もなかった。父様が私に向かって言うのは、馬鹿娘とか猪とか、悪口ばっかりだ。

自覚はあるので的外れとは言わないけれど、私が捻くれた責任の一端は父様にもあると思う。

急に誉められても、どんな反応をしていいのか分からない。

「ならお前は今までの行動を振り返ってから言え」

私の可愛らしい憎まれ口は、的確にブーメランで返ってきた。

ぐうの音《ね》も出ないとはこの事だ。

「お前が疑い深く、落ち着きのある性格だったのなら、わざわざ嫌味など言わん。警戒心が薄く、前しか見ずに突き進む阿呆《あほう》だから襟首《えりくび》を掴んでやっていただけだ」

物理的に襟首を掴まれた過去を思い出すが、そうではなく比喩だろう。

猪突猛進な私のストッパーになってやったんだから感謝しろと、そういう事か。

「今回はよくやったと思ったから、そう言っただけだ。他意はない」

考えなしだから叱って、頑張ったから誉める。

そんなの、普通の父親みたいじゃないか。

「……お褒めに与《あずか》り光栄の極みデス」

つん、とそっぽを向いて言う。

可愛くないのは分かっているが、今更、普通の親子みたいなやり取りしろって言われても無理だ。

父様はそんな私を一瞥し、小箱を手元に引き寄せた。

「顔が赤いぞ」

「!!」

咄嗟に頬を押さえてから、しまったと思った。

指摘されて慌てふためくなんて、喜んでいるみたいで悔しい。

別に喜んでないと言い返したかったけど、墓穴を掘るだけなので歯噛みする。

ツンデレみたいな返ししてたまるか!!

一人であたふたする私を放置して、父様は石を眺めた後、小箱の蓋《ふた》を閉じる。どうやら持って帰ってくれるらしい。

「それで褒美は何がいい。道中で拾ってきた犬だけではなかろう?」

「……犬?」

犬ってもしかして、ラーテの事か?

「雇ってもいいんですか?」

「ラプターが動き出した今、手駒は一つでも多い方がいい」

ラーテが口封じしたとはいえ、間者が全員戻らなければラプターもなにかしらの手を打ってくるはず。

魔王の封印された石がネーベルの手に渡ったと推測し、刺客《しかく》を送り込んでくる可能性も高い。そう父様も、考えているのだろう。

「お前が拾ってきた犬は、実力もある上に、有益な情報を手土産にしてきたのだ。申し分ない。一旦は私の方で預かる形になるが、構わないか？」

「!?　……はい。宜しくお願いいたします」

驚きに声が裏返りそうになった。

ラーテを私一人の護衛にしておくのは勿体ないと思っていたので、父様の申し出自体は寧《むし》ろ有り難いくらいだけれど、驚いたのはそこじゃない。

父様が私に許可を求めるなんて、明日はきっと槍が降る。

傲岸不遜《ごうがんふそん》を人の形に固めたようなあの父様が。話す言葉が全て命令形な、生まれながらの王様であるあの父様が。

私を誉めたり、許可を求めたりするなんてあり得ない。

この父様、偽者なのでは？

もしくは既に、魔王に乗っ取られているなんて事はないよね？

「また何かくだらぬ事を考えているな」

父様は再び、呆れたように溜息を吐き出す。

どうやら私の心の声は、ばっちり顔に出ているらしい。

「お前は、私が認めるような功績を持ち帰った。だから、一人前の人間として扱っている訳だが、不満か」

「……一人前」

ぽつりと独り言みたいに呟いた言葉が一拍遅れで、じんわりと胸を温めていく。押さえた胸はとくとくと早鐘を打つが、嫌な感じではない。寧ろ……。

父様に認められる事は、別に重要ではないと思っていた。

失望されても構わないと本気で思っていたのに。心の声よりも早く反応をする心臓の方が、よほど正直だった。

認めたくはないが……どうやら私は、嬉しいらしい。

気を抜くと緩みそうになる頬を押さえて、なんとか表情を取り繕《つくろ》おうとする。そんな私を、父様は珍獣でも見るような目で眺めていた。

「お前は王女に生まれて良かったな」

「？　……どういう意味ですか？」

「市井《しせい》に生まれていたら、間違いなく碌《ろく》でもない男に騙されていただろう。周囲にいるのが、お前の素直さに付け込むのではなく、庇護《ひご》しようとする品行方正な男ばかりであった事を感謝した方がいい」

これ、『素直』って誉めてないよね？

お前ちょろいけど大丈夫かよって言われてるよね？

「だ、男性を見る目には自信あります……」

自信のない声になってしまったが、これだけは言いたい。

レオンハルト様を好きになった事を後悔していないし、この事に関しては、自分を誉めてあげたいとすら思っている。

しかし父様は私の言い分など興味なさげで、ふん、と鼻で笑う。

「褒美はそれか？」

「え？」

「婚約者にレオンハルトを望むのかと問うている」

虚を衝かれた私だったが、理解する前に頷きそうになった。脊髄《せきずい》反射かよと我が事ながら心の中でツッコミを入れる。

だって、ずっと好きだった。

ずっとずっと、彼だけしか見えなかった。

幼い頃に芽生えた恋心は、褪《あ》せるどころか日増しに積み重なっていくばかりで、今や私の心の大部分を占めている。

でも同時に、片思い期間が長すぎて、叶う未来が思い描けない。

私がレオンハルト様を好きなのは、息をするように当たり前の事だけど。

レオンハルト様が、私みたいなお子様を好きになってくれる可能性って、本当にあるの？

「は……、」

是と答えるつもりだった声が、何故か喉の奥に閊《つか》えた。

たぶんレオンハルト様は、私との婚約が決まっても嫌な顔はしない。きっと、大事にしてくれると思う。私の気持ちを知っている彼は、私を無下《むげ》にはしないだろう。

いずれ結婚したとして、同じ気持ちにはなれなくとも、互いに信頼し合う夫婦にならなれるかもしれない。

そこまで考えて、喜びに高鳴っていた胸が、凍り付くように冷たくなっていく。

それ以上を望むのは、贅沢《ぜいたく》ってものだ。

分かっているのに、嫌だと思う。

ゆっくりと頭を振ると、父様は訝しむように片眉を軽く上げた。

「違う、と？」

今回の旅で、色んなレオンハルト様の顔を見られた。

少しだけ距離が縮まった気がしたんだ。まだ、諦めたくない。

「そこは自分で頑張りますので、政略結婚を拒否する権利だけをください」

少しでも振り向いてくれる可能性があるなら、自分で潰してしまいたくない。

権力で縛り付けるのではなく、レオンハルト様の意思で、私の傍にいてほしい。

父様は私の言葉を聞いて、意外そうに瞬いた。

「存外、強欲だな」

本当にね。

隣にいられる立場だけでなく、心までほしいなんて。

「父様に似たのでしょう」

憎まれ口を叩くが、咎められはしなかった。

「好きにしろと言いたいところだが、期間は設けるぞ。王女がいつまでも独身では、いらぬ争いを生む」

父様の言い分はもっともだから、反論はしない。

「具体的に、どのくらいお時間をいただけるのでしょうか？」

「前と同じ。隣国ヴィントの王太子が成人するまでだ」

「前と同じ⁉　あと三ヶ月もないではありませんか！」

鬼畜すぎないか⁉

ていうか手柄を立てる前と、条件がほとんど変わってないじゃん！

「せめて私の成人まで待ってください！」

食い気味に訴えると、父様は目を細めた。

その、機嫌良さげに緩む目を見て、ぞわりと背筋が凍る。

嫌な予感がした。

思いっきり、罠を踏み抜いてしまったような。檻の中に自ら飛び込んでしまったかのような、そんな心地だ。

「よかろう」

しかし父様は私の予想を裏切って、鷹揚に頷く。

「い、いいんですか……？」

「もちろんだ」

拍子抜けした私が念押しすると、父様は肯定した。

どういう意図なのか、全く分からない。

「自分から期間を早めるとは、良い心がけだな」

「……娘の誕生日もお忘れですか？」

私の誕生日は年末近くだ。あと半年以上ある。

確かに延びたと言うには微妙だが、背に腹は替えられない。

胡乱《うろん》な目で見つめる私を無視し、父様は箱を持って席を立つ。

そして部屋を出る前に、一度振り返った。

「言い忘れていた。ヴィント王国の第一王子が、王太子の位を第二王子に譲ったそうだ」

「……え」

第二王子ってナハト王子だよね？　彼が次代の王になる？

確か彼はまだ、十二、三歳くらいだった筈。

……ん？　つまり、王太子の成人までって、あと二年以上あったって事⁉

「自分の力で口説き落としたいというのなら、あと半年、せいぜい励め」

捨て台詞《ぜりふ》を吐いて、父様は部屋を出ていった。

あ、あ、あのクソ親父ぃいいいいいいい‼

転生王女の確認。

鏡に映った自分を、じっと見つめる。

緩く波打つプラチナブロンドに、白い肌、青い瞳。各パーツは同じな筈なのに、ゲームに出てきたローゼマリーとは印象が違って見えた。

『裏側の世界へようこそ』の中のローゼマリーは、気高く美しい、生まれながらの王女様。けれど、ふと見せる寂しげな表情が庇護欲をそそる少女だった。

しかし中身のせいなのか、現在の私の顔は……なんだろう、なんか緩い？

凛々しさがないというか、気高さがないというか。ついでに言うと儚《はかな》げな印象もない。ないないづくしだ。

おかしい。あと半年で十五歳、つまり成人するので、ゲーム開始時の年齢と同じくらいなのに。

素材が一緒なのに、仕上がりが違うって不思議すぎる。もしかして私って、ローゼマリーの無駄遣いなのでは？

レオンハルト様を自分の力で口説き落とすと宣言したはいいものの、どうやったらいいのか分からないので、取り敢えずアピールポイントを探してみた訳だが。

まず初期スペックを頼りにしてみて、躓《つまず》いた。

ローゼマリーの外見の美しさは、中身を伴って初めて輝くものだった。現実って残酷だ。

い、いや。まだ分からないぞ。

諦めたらそこで試合終了だって、安◯先生も言っていたじゃないか！

胸を突き出して、左手を腰に、右手を頭の後ろへ回す。腰を軽く捻って、足を交差させる。必殺、セクシーポーズ。

……変だな。

色気が皆無というか、「首と腰を痛めたの？」と聞きたくなる仕上がりだ。

何が違うのか分からないが、なんか違うのは分かる。

次は両膝に手をあてて前屈《かが》み。

グラビアのお姉さん達がやると、豊満なお胸が強調されるんだが、私には寄せてもひっそりとした谷間しか……たに、ま……？

言葉の概念《がいねん》を見失いそうになった。

駄目だ、これでもない。

思いつく限りのセクシーなポーズをとってみるが、結果は惨敗だ。

成果はゼロ。私がセクシー路線では戦えないという残酷な事実だけが浮き彫りとなった。

打ちひしがれていると、にゃあ、と背後から鳴き声がする。

見るとベッドの上のネロは、早朝から鏡の前で奇行を繰り返す主人を呆れたように眺めていた。

「ねろぉ……」

ベッドへと倒れ込んで、愛猫に泣きつく。

ネロは抱き寄せる私の腕を迷惑そうに避《よ》けた。つれない。

そもそも、レオンハルト様ってどんな女性が好みなんだろう？

本人は、本気で人を愛した事がないって言っていたけれど、好ましいと思うタイプくらいあるはずだ。

イリーネ様のような知的美人？

それともビアンカ姐《ねえ》さんみたいな色気のある美女かな？

おとなしやかな和風美少女であるリリーさんタイプかもしれない。

私の周りにいる綺麗な人達を思い浮かべてみる。どの人も、私よりレオンハルト様の隣に似合って、ちょっと落ち込んだ。

「それとも……」

色んな女性の姿を思い描いていた私の脳裏に、一人の女性の姿が浮かぶ。

肩に少しかかるくらいのシフォンベージュの髪。好奇心に輝く大きな瞳と、小ぶりな可愛らしい鼻。ぷくりと柔らかそうなピンク色の唇。少し下がった眉が、庇護欲をそそる。

ふくよかな胸から華奢な腰のラインは女性特有の魅惑的なもので、幼さの残る顔立ちとのアンバランスさが色気を醸し出す。

神子姫と呼ばれる、異世界の少女。

『裏側の世界へようこそ』の中で、近衛騎士団長はヒロインを大切にしていたと思う。時に励まし、時に慰め、失敗しても責める事なく、幸せになれと送り出してあげていた。

接し方は妹を可愛がるみたいな感じだったけれど、近衛騎士団長にとって神子姫は、好ましい存在だっただろう。

そこまで考えて、ふと、不安に襲われた。

妹みたいというのは、あくまで私の印象だ。

あの優しさが、異性への愛情の示し方ではないと言い切れるの？

クラウスルートで神子姫の背を押してあげていたから、親愛の情だと思っていた。でも、ゲーム内のどこにも、近衛騎士団長がヒロインをどう思っているかなんて書いていない。好きな人の幸せの為に、自分の思いを隠し通していた可能性だってある。

「だ、駄目、駄目っ！」

どんどんと落ち込んでいく思考を振り切る為に頭を振ると、ネロがビクリと起き上がった。

勝手に人の気持ちを決めつけて、弱気になるなんてバカバカしい。

それに私が傍にいたいのは、ゲームの中の近衛騎士団長ではない。レオンハルト様だ。

もしも神子姫がレオンハルト様の好みの女性だったとしても、戦う前から負けを認めてたまるもんか。

「……よし！」

ぴしゃりと自分の両頬を軽く叩いて、顔を上げる。

ネガティブタイムは終わり。頑張るって決めたんだから、未来を悲観してないで、自分を磨こう。

セクシーが駄目でもキュートって手もあるしね！

可愛らしく性格も良い神子姫に、キュート路線で太刀《たち》打ち出来るかどうかって問題は、ひとまず考えないようにしよう。

拳を握りしめた私を呆れたように一瞥した後、愛猫は再びくるりと丸くなった。

着替えと朝食を済ませた後、私は温室へと向かった。

久しぶりに友人達の顔を見たいと思い立ったからなんだけど……。その道中で、想定外の人物にエンカウントした。

げ、と心の中で小さく呻《うめ》く。

私の存在に気付いたらしい相手は、一瞬足を止めた。けれど、目に見える反応はそれだけ。

侍女と護衛を引き連れた麗人は、無言のまま横を通り過ぎた。

相変わらずな母様の後ろ姿を見送ってから、小さく溜息を零す。

やっぱり母様は、父様以外目に入ってないのね。

哀しいという気持ちはなく、諦めに似た失望だけがひっそりと浮かぶ。

今更だ。ずっと前から分かっていた事じゃないか。

未練がましい気持ちを振り切るように、私は再び温室を目指した。

ルッツとテオに会える可能性は低いと思っていたが、温室に併設された休憩室に人影が見える。

そっと覗き込むと、中にいるのは会いたかった友人達のようだが、少し様子がおかしい。

一人はテーブルに突っ伏して、一人は椅子の背凭れにぐったりと身を預け、天を仰いでいる。

なんか二人共、すごく疲れてない……？

声をかけるのも躊躇《ためら》われるくらい、二人はぐったりとしていた。

どうしたものかと戸口《とぐち》で悩んでいると、上を向いたまま固まっていたテオが、こちらへと視線を向ける。

いつもは強い光を宿すピジョンブラッドの瞳が、ぼんやりと私を映す。テオは驚いた様子もなく私を眺め、目を細めた。

「やべえ。疲れすぎて、幻覚《げんかく》まで見え始めた」

はは、とテオが乾いた笑いを洩らすと、テーブルに突っ伏していたルッツが身動《みじろ》ぐ。体を起こさずに顔の向きだけ変えたルッツの目が、私を捉《とら》えた。

「なんかオレにも見える……姫、元気かな……」

力なく笑うルッツの言葉で、私は自分が幻覚扱いされていると気付く。

「本物だし、元気よ？」

ひらひらと手を振ると、ルッツは突っ伏したまま手を振り返す。

「オレの幻覚凄いかも。手まで振ってくれる」

本格的にルッツの具合が心配になってきたところで、テオが勢いよく身を起こした。

「同じ……って事は、幻覚じゃない……!?」

「え……えっ？」

ルッツはテオと私を見比べて、パチパチと瞬く。数秒の間をあけてから、テーブルに手を付き立ち上がった。足にぶつかった椅子が、派手な音をたてて倒れる。

「ひ、ひめ……？」

「姫様、本物ですか？」

信じられないと言わんばかりに見開かれた二対《につい》の目に凝視され、居心地の悪さを感じつつも、小さく頷いた。

「昨日帰ってきたの。二人にも挨拶したかったのだけれど、温室にいなかったから」

「昨日は任務で別室に……、って、そんな話はいいや。本物の姫なんだよね？　怪我はしてない？長旅で体調を崩したりはしてないよね？」

「だ、大丈夫」

駆け寄ってきたルッツは、矢継《やつ》ぎ早《ばや》に問う。勢いに気圧されて思わず一歩後退《あとずさ》る。

任務という言葉が気になったけれど、まずは心配性なルッツの不安を取り除くべく、頭を振った。

「さっきも言ったけれど、元気よ。怪我もしていないわ」

ルッツは、安堵したみたいに息を吐き出す。

良かったと呟いた声は、前よりも少し大人びた気がする。そういえば、ルッツもゲームとは外見が異なるんだよね。

ゲームのヤンデレ魔導師は線が細く、繊細な顔立ちも相まって、ボーイッシュな少女にも見えた。しかし今のルッツは背も高く、細身ながらもしっかりとした体つきをしている。整った顔立ちは変わらないが、凛とした雰囲気の彼を女性と間違う人は少ないと思う。

「姫様の元気な姿が見られて安心しました」

ルッツの隣に立つテオはルッツほどではないが、やはりゲームとは少し違う。外見はあまり変わらないが、落ち着きのある眼差しや大人びた笑い方は、人懐っこく元気な熱血魔導師が見せなかったものだ。

二人共、すっかり格好良くなっちゃって。

親戚のおばちゃんみたいな感想が思い浮かぶ。少年時代を知っているから、なんか感慨深い。

「……なんでそんな生温《なまぬる》い目でオレ達を見てるのさ？」

怪訝《けげん》そうに見られて、慌てて表情を引き締めた。

正直に言ってもいいが、年頃の男の子を誉めても、からかうなと怒られそうだからね。

「なんか二人とも、疲れてそうだけど大丈夫？」

言った途端《とたん》、二人の表情が微妙なものになった。

「任務って、重労働なの？」

「いえ……、体はそれほど疲れてないんです」

テオはげんなりした顔で、力なく呟く。

「むしろ体を動かす方が好きなんだけど、頭脳労働は苦手なんだよね……。あー、思い出すだけで、頭が痛い」

ルッツは眉間にシワを寄せて、コメカミのあたりを指で押さえた。

二人共、すっかり脳筋《のうきん》魔導師になっちゃって。

失礼な呟きを胸中でしつつ、私は生温い目で二人を見守った。


ぐったりしている二人にお茶を淹《い》れてあげつつ、話をする事にした。

今日の紅茶は茶葉が緑っぽかったので、春摘みのものだろう。立ち上る湯気も爽やかな香りだ。

「はい、どうぞ」

「ありがとうございます」

テオにカップを渡す隣で、ルッツはお茶菓子を頬張って眉を顰めた。

「……今日のは、姫が作ったやつじゃないんだ」

今日のお茶菓子はマドレーヌ。城のシェフのお手製で、絶対美味《おい》しい筈なんだけどルッツは不満げだ。

「無茶言うなよ。姫様は帰ってきたばっかりだって言っただろ」

「分かってるけどさ……」

呆れ顔のテオに窘《たしな》められ、ルッツはバツが悪そうに顔を背けた。

「最近作れてなかったものね。近々、作ってくるわ」

「本当⁉」

「ええ。フランメで知り合った人達に香辛料を分けてもらったから、新しいお菓子も作れそうだし、色々と挑戦してみようと思っているの。試食してくれる？」

私の言葉に、ルッツは目を輝かせてコクコクと頷く。

見目麗しい青年に成長しても、子供っぽい表情は前と変わらない。

親戚のおばちゃん（仮）としては、食べざかりの若者にはいっぱい食べさせてあげたくなる。

シナモン使ってアップルパイでも焼いてみようかと思っていたけど、シナモンロールの方が食べごたえあるかな。ケークサレも作ってみたいんだよね。カレー風味のとかどうだろう。

「作ってくれるのは嬉しいんですが、無理しないでくださいね。姫様、ずっと忙しかったでしょう？」

頭の中でレシピを模索していると、テオが心配そうな表情で覗き込んでくる。

「昨日、よく眠れたから大丈夫。私よりも、二人の方が疲れているんじゃない？　任務って言っていたけれど、それは一段落ついたの？」

「まだ終わりませんが、目処《めど》は付きました」

「そうそう。情報が増えたお陰で……って、コレはまだ言っちゃ駄目なのかな」

何かを言いかけたルッツは、問う視線をテオに向ける。

「オレ達の口からは任務について詳しくは話せませんが、姫様には陛下から直接お話があると思います」

テオの話に相槌《あいづち》を打とうとして固まる。思わず心の中で、『げ』と呟いた。

不穏な言葉を聞いてしまった。陛下から直接という事は、また近々会わなくてはならない訳で。

というか、もしかしてカラスの言っていた『私の番は明日』って、ソレ？

圧迫面接って、昨夜のアレで終わったんじゃなかったのか。

せっかく嫌な行事を終えて、清々しい気持ちでお茶をしていたというのに台無しだ。

父様は前ほど苦手ではなくなってきたけれど、毎日会いたい人ではない。一ヶ月に一度……いや、一年に一度会えるくらいで丁度いい。

つい零れそうになった溜息を呑み込んでから顔をあげると、入り口付近に待機していたクラウスが近付いてくるのが見えた。最近のクラウスは待てが出来るようになった（と思いたい）ので、用事があるのだろう。何事かと視線で問うと、取り次いでほしい人がいるとの事。

昨日から、突発的なお客様が多いな。

「どなた？」

「団長です」

ダンチョウ……団長⁉

予想外過ぎて弾いた単語を、頭が理解するのと同時に立ち上がる。

何事だとルッツとテオの視線が集まったが、気にしている余裕がない。王女としては落ち着いた態度で「お通しして」とか優雅《ゆうが》に微笑むのが正解なんだろうが、無理だ。私がレオンハルト様を前にして落ち着けるはずないから。

はしたないと脳内で自分を叱りつつも扉を開けると、少し驚いた顔をしたレオンハルト様が立っていた。

彼は視線が合うと、眦を緩めて微笑む。

「おはようございます、殿下。昨夜はよく眠れましたか？」

無理、すき。

語彙力がゼロになった私は、心臓を押さえて蹲《うずくま》りたくなった。

旅の間に、レオンハルト様への耐性が少しはついたと思っていたけれど、気の所為だったらしい。

笑顔一つで昇天《しょうてん》しそうになった。

今日もレオンハルト様は尊いです。

「はい。レオンハルト様はすぐお仕事に戻られていたようですが、お体は大丈夫でしょうか？」

「自分は体が丈夫な事だけが取り柄ですので、問題ありませんよ」

冗談交じりに言って、胸の辺りを拳で軽く叩く。

取り柄が丈夫さだけだなんて、嘘ばっかり。

レオンハルト様は息をしているだけで尊いのに。なんなら、長所を百個書き連ねた文書を贈呈《ぞうてい》するよ。

「ところで、殿下。ご歓談《かんだん》中にお邪魔をしてしまって申し訳ないのですが、陛下よりご伝言をお預かりして参りました」

レオンハルト様が自主的に会いに来てくれるとは、思っていなかった。職務中に私用を済ませたりしない彼が好きなんだし、それはいい。それはいいんだけど。

「それは……お忙しいレオンハルト様にお手間を取らせてしまって、こちらこそ申し訳ございません」

私が気まずく俯くと、レオンハルト様は慌てて頭を振る。そんな事は気にしないでいいのだとフォローしてくれるレオンハルト様は優しい。

近衛騎士団長に使いっぱしりをさせてしまって、誠に申し訳ない。

ちなみに伝言は、やっぱり圧迫面接の告知だった。

午後に開催されるらしい。

憂鬱《ゆううつ》なのは変わりないが、レオンハルト様から伝えられると、多少ダメージが減るような……。

もしかして、それを見越してのお使いか？

レオンハルト様は用件が終わると、すぐに帰って行ってしまった。

お仕事に真面目なのも素敵。すき。

名残惜しく見送ってから、ルッツとテオの許《もと》へ戻る。

何故か二人は固まったまま、私を凝視していた。

「……どうしたの？」

首を傾げると、呪縛が解けたかのように二人は我に返る。

さっきの私みたいに勢いよく立ち上がり、椅子を倒したのはテオだった。

「ひ、ひ、ひめさま⁉」

「え、な、なに？」

普段は落ち着いたテオの珍しくも取り乱した様子に、私も何事かと慌てる。

「今の……」

何かを言いかけて、テオは言葉を呑む。言いたい事が整理出来ていないのか、視線を彷徨わせた彼は、ルッツを見た。

しかしルッツも相当余裕がなさそうに見える。落ち着きのない様子の彼は、漫画だったら目がグルグルしていそうだ。

「い、いや、待って！　そうと決まった訳じゃない！」

テーブルに肘《ひじ》をついて頭を抱えたルッツは、自分に言い聞かせるみたいに叫ぶ。

何が？　と聞きたいけれど、聞ける雰囲気ではない。

テオは呆然とした様子で、椅子に座り直す。

「さっきの方は……近衛騎士団の団長さん、ですよね？」

「そうよ」

テオの問いに頷くと、彼は乾いた笑いを洩らした。

「デスヨネー……」

「顔良し、性格良し、剣の腕は国一番。地位も高くて家柄も良いとか、どうしろと……？」

ルッツは小さな声でブツブツと、呪文めいた独り言を零している。

聞こえた部分を繋ぎ合わせると、どうやらレオンハルト様の事らしい。

「勝てるのってなに？　魔力？」

「落ち着け、ルッツ。それは張り合っちゃ駄目なやつだ」

「じゃあなんだよ！　若さか⁉」

二人の言い合いについていけない。

「なんでレオンハルト様と張り合おうとしているの？」

「ローゼマリー様がお気にとめるほどの事ではございません」

首を傾げて呟くと、クラウスは訳知り顔でそんな事を言い出した。

理由は知っていても、質問に答えてはくれないらしい。なんでだ。男同士だけに通じる話なのか。

ルッツとテオは肩を寄せあい、ひそひそと話をしているが内容までは聞き取れない。たまに漏れ聞こえてくる『年齢』とか『憧れ』なんて単語だけ拾えたが、意味は不明だ。

二人もレオンハルト様の素敵さを目《ま》の当たりにして、憧れたんだろうか。

うんうん、分かる。格好いいよね。歳を重ねてどんどん素敵になっているし、同性としても憧れるよね、やっぱり。

転生王女の密談。

ルッツとテオは、内緒話《ないしょ》が終わると二人で顔を見合わせた。

カップに残っていた紅茶を飲み干すと、揃って席を立つ。さっきまで、ぐったりと机に突っ伏していた人達とは思えない機敏《きびん》な動作だった。

勢いに驚いて、私は目を丸くする。

「ご馳走様です、姫様」

「どこかへ行くの？」

任務の関係で、まだ忙しいのだろうか。

久しぶりにゆっくり話が出来ると思っていたので、残念だ。

「鍛錬《たんれん》に行こうと思いまして」

「最近、頭ばっかり使っていたから体が鈍《なま》っているんだ。鍛え直さないと」

まさかの答えに、感心していいのか呆れていいのか悩む。

ローブから覗く首筋や腕は綺麗に筋肉がついていて、『鈍る』なんて言葉とはかけ離れているように見える。

背筋を伸ばした立ち姿は凛々しく、動きに無駄がない。まるで騎士のよう。相手が鍛えた武人とかでなければ、魔法を使わずとも拳で勝ててしまいそうだ。

それなのに、まだ足りないと。

正直、彼らが目指す方向性が分からなくなってきた。

脳筋って冗談だったんだけど、冗談じゃなくなってきたね……。

応援の言葉と共にひらひらと手を振る。

「頑張ってね」

「はい、頑張ります」

「頑張るから、見ていて」

穏やかな笑みを浮かべているが、テオとルッツの眼差しは真剣だった。

なにかを決意したかのような二人の後ろ姿を見送ってから、私も休憩室を後にした。


そして、午後。圧迫面接のお迎えは、なんとレオンハルト様だった。

お使いだけじゃなくて、エスコートまでとか。ご褒美ですかと言いたいけれど、父様の差し金《がね》だと思うと喜べない。

また面倒臭い案件を押し付けられるんじゃないかと勘ぐってしまう。レオンハルト様に会わせてくれるのも、報酬《ほうしゅう》の前払いなのでは？

隣を歩くレオンハルト様をじっと見る。

視線に気づいた彼は、不思議そうに私を見た。

「どうかしましたか？」

軽く首を傾げて、微笑む。

おおお……尊い。

こんな報酬を貰えるならば、魔王の石をもう一個持ってこいとか言われても頑張れる気がする。

いや、もう一個あったら困るけど。

「いえ。一日に何度も、お手間をおかけします」

思うに、父様の事だから事前通達《つうたつ》までは指示してなかったんじゃないかな。夜中にノーアポで来るくらいだし。そんな細やかな気遣いしないよね。

たぶん、心の準備をさせてくれたのは、レオンハルト様の厚意《こうい》だ。

忙しいレオンハルト様を、私達親子の都合で振り回すのは申し訳ないと思う。

眉を下げて謝罪すると、レオンハルト様は驚いたように瞬きをする。目を細めた彼は、密《ひそ》やかな声で呟いた。

「……貴方に会えるなら、手間ではありませんよ」

「…………え？」

数秒呆けた後、間の抜けた声が洩れた。

今、幻聴が聞こえたような気がする。しかも、夢を見すぎだと自分でも恥ずかしくなるやつ。乙女ゲームかと自主ツッコミ入れる類《たぐい》の幻聴だ。

ヤバイ。私、疲れてるのかな……。

よく寝たつもりだったけれど、父様の来襲《らいしゅう》が思いの外、堪《こた》えていたのかも。

レオンハルト様の言葉を聞き間違えてしまった事が心苦しいので、もう一回言ってという意味を込めて見つめる。

しかしレオンハルト様は、困ったような顔をしているだけ。同じ言葉を繰り返すつもりはないようだ。無念。

無言で見つめ合っていると、レオンハルト様は息を吐くように笑う。ふは、と小さな笑い声をあげる彼は、どこか楽しそうだ。

「貴方は中々に手強《てごわ》いな」

ど、どど、どういう意味？

えっ。まさか幻聴じゃなかったの？　そんな訳ないよね。どっち？

もし受け止めてしまった後に聞き間違いだと分かったら、ダメージが半端ないからはっきりしてほしい。頑張って、私の耳と記憶力。

「え、あ、あの……」

呆れられたくないのに、つっかえてしまう自分が情けない。

レオンハルト様を前にすると、焦って失敗ばかりしてしまう。

酷い顔をしているであろう私を見て、レオンハルト様は呆れたりしなかった。とても優しい目で、安心させるように笑ってくれる。

「大丈夫、いくらでも振り回してください」

振り回したい訳じゃないけれど、そう言われて嬉しくないはずもなく。

真っ赤な顔で俯く事しか出来ない。

いいのかな。

そんな風に言われたら、期待してしまいますよ？

ドキドキして心臓が痛いくらいだけど、ずっとこのまま並んで歩いていたい……なんて乙女な願いが叶うはずもなく、あっさり父様の部屋に辿り着いてしまった。

なんでこんな近いの。どうしてもっと遠くに配置しておいてくれないのよ。父様のバカ。なんだったら別棟で暮らしてればいいのに。

完全な八つ当たりを心の中でぐちぐち呟きながらも、表面上は平静を装う。でも、バッチリ顔に出ていたらしい。

父様は私の顔を眺めて、軽く片眉をあげた。

「おかしな顔をしているな」

「生まれつきです」

「そうか」

面倒だと判断されたらしく、父様はツッコミを放棄した。

普段のやり取りをしてから、隣のレオンハルト様が笑いを堪えているのに気付く。

しまった。せっかくいい雰囲気だったのに！

父様のせいで霧散《むさん》してしまったじゃないか。

ほぼほぼ自分のせいだという事実からは目を逸らした。

「さっさと来い」

無表情で命令されたので、小部屋に向かう父様の後に続く。

最低限の家具しか置いてない狭い空間には、簡素《かんそ》な椅子が一つ追加されていた。父様が自分で持ち込んだんだろうかと思うと、ちょっと面白い。

その絵面《えづら》をぜひ見てみたかった。

くだらない事を考えていると、カウチにどっかり腰をおろした父様に、座れと示される。大人しく従って椅子に腰掛けた私の斜め後ろに、レオンハルト様が立つ。

この小狭い部屋に、レオンハルト様と一緒に入る事になるなんて思っていなかったので、なんか不思議な感じだ。

テーブルの上には、古びた本が積み重ねられている。

そのうちの一冊の開かれたページには魔法陣らしき図式が載っていた。辺境の砦に旅立つ前に見たものと、同じだろうか。

確か、魔王の封印に関する資料かと聞いたら、否定されたんだよね。

結局なんだったたんだろう。

気になって見つめていると視線を感じる。顔を上げると、父様と目が合った。

カウチに深く腰掛けた父様は、暫し間を空けて口を開く。

「今日お前達を呼び出したのは、魔王が封印された石の処分方法についての話をする為だ」

「処分、ですか」

父様の言葉を繰り返す。封印ではなく処分と言った、父様の意図を問う為に。

「本来ならば、封印が最も安全で確実な手だ」

私の考えを読み取ったらしく、父様はそう続けた。

「しかし現在、封印は破られていない。重ねがけする方法は不明。かといって新たに封印する為に、一度解くのは本末転倒だ。封印されてから経過《けいか》した年月を考えれば、放置もまた悪手《あくしゅ》」

父様の言いたい事は分かる。

でも、処分と言っても壊したり捨てたり出来るようなものじゃない。

「それで処分と。ですが、今までそんな方法を見つけられなかったからこそ封印していたのでは？」

「成功はしていない。だが、ずっと研究は重ねていたようだな」

父様は手を伸ばし、机の上に無造作に広げられていた一冊の本をとった。

魔法陣らしき図が描かれた書を私達の方へ向ける。

「これは？」

「異世界から、魔王を消す力を持つ者を召喚する為の魔法陣だ」

「！」

私は大きな衝撃を受けて、目を見開いた。

「荒唐無稽《こうとうむけい》な話だ。信じろと言っても無理だろうな」

父様は驚いた様子の私を見て言ったが、そうではない。

私は自分が思いつかなかった事の方に驚いていた。

ファンタジー映画や漫画で出てくる魔法陣の用途《ようと》といえば、メジャーなのは封印ではなく召喚だろう。

そしてゲーム開始の時間が近付いているのに、必要不可欠な人がこの世界にはまだいない。この二つを合わせると導き出される答えは、一つ。

ヒロイン——神子姫の召喚だ。

「初めてこの本を読んだ時は、創作か妄想の類だと判断した。随分と暇なやつがいたものだと切り捨てたのだが……酔狂の一言で済ませるには、量が膨大過ぎた」

「膨大？　つまり、これ以外にもあったのですか」

「編纂《へんさん》する前の資料や紙の束は、山のようにある。何代にも渡って引き継がれ、研究を重ねてきたのだと理解出来る程度にはな」

頬杖をついた父様の表情は呆れているかのようだったが、声には感嘆《かんたん》が込められている気がした。

始めた当初は、情報なんて殆どなかっただろう。ヒントなんてあるはずもなく、進展のないまま何十年もの時が過ぎる。

そもそも、消滅させる方法があるかどうかも分からない。そんな雲をつかむような話で始めた研究を、子の世代、孫の世代へと引き継ぐなんて、気が遠くなる。

魔王を封印出来た時と同じ、執念を感じた。

改めて思うが人類が生き残ってこられたのは、その諦めの悪さ故だろう。

「時間はかかったが、資料と書物の全てに目を通した結果、試す価値があると判断した」

この部屋を何度か訪れた事があるが、私が悪戦苦闘している間、父様はずっと本を読んでいた。

随分と寛《くつろ》いだ様子だったので、読書が趣味なのかと思っていたが、違ったらしい。

先祖の研究は未完成だったけれど、イリーネ様を始めとした魔導師達に依頼して研究を続けたようだ。

もしかしなくとも、ルッツとテオが言っていた任務って、コレだね。

ラーテが持ち込んだ情報もあってか、形になりつつあるようだ。

それにしても……。

「意外だ、と顔に書いてあるぞ」

じっと見つめていると、私の心の声を父様が口に出す。

まさにその通りだったので、誤魔化さずに頷いた。

現実主義者の父様が、異世界の存在を信じるとは思わなかった。

あと、いくら先祖が数百年かけて研究してきたとはいえ、成功するかどうかも分からない方法を選んだのも、正直意外だ。

遠回しに伝えるのも面倒だったので、浮かんだ疑問をそのままぶつける。父様は怒るどころか、

「だろうな」とアッサリ肯定した。

「元々は、方法の一つとして調べていただけだった。時間があるのなら、こんな怪しげな方法に頼ったりはしない」

先祖が続けてきた研究を完成させるとか、努力は人を裏切らないとか、そんな感情論で動く人ではない。父様はやっぱり父様だった。

時間が許すのならばきっと、もっと堅実で地味な手を選んだのだろうな。

「時間がないというのは、封印が解ける可能性のお話ですか?」

私の問いに、父様は頭を振る。

「ラプターが、魔王を手に入れようと躍起《やっき》になっている」

かなり緊迫した事態の筈だが、父様の声に緊張感はない。

鬱陶《うっとう》しいと言いたげな表情は、顔の周囲を飛び回る羽虫《はむし》に苛立つかのようだ。

「想定していた時期よりも早い上に、形振《なりふ》り構わない必死さはかなり厄介だ」

確かに、私が帰ってきてからまだ一日しか経過していない。放った刺客が全員帰ってこなかったのだから、何かあったと気付くだろうと思っていたけれど、動き出すのが予想より随分と早いな。

それだけラプターにとって魔王は、重要な存在であったという事だろうか。

「送り込まれる刺客も増えるだろう。お前の周辺の警備も強化する予定になっている。そのつもりでいろ」

刺客という物騒な単語が出てきて、私は目を丸くする。

父様や兄様の護衛を増やすのは大賛成だが、私にも？

いくら王族の一員とはいえ、王女である私を狙う可能性って低いと思う。国政に関わる機会もなく、王位継承権もない。

人質くらいの価値はあるかもしれないけれど、それにしてもハイリスクローリターンだ。

首を傾げる私を、父様はじっと眺める。

そして暫し間をあけてから、深い溜息を吐き出した。

「お前のそれは、まさか一生治らないのか」

真顔で言われて、ますます混乱した。

呆れた風に言われた方がマシだと思うのは、末期なんだろうか。

というか、私の何が治らないって？

察しの悪さなら納得出来るけど……流石《さすが》に頭の悪さとか言わないよね。いや、言いそうだな。

「卑屈《ひくつ》になっているのではなく、かといって見え透いた謙遜《けんそん》でもない。本気で言っているからなお、たちが悪い」

そうは思わないかと、父様はレオンハルト様に水を向ける。

恐る恐るレオンハルト様の様子を窺うと、彼は困ったように眉を下げて微苦笑した。

その表情は、消極的な肯定に見える。

言葉で同意しなくとも、父様と似たような事を考えているという事。

ショックだ。

そもそも私のどこにダメ出しされているかも分からないが、優しいレオンハルト様が庇《かば》ってくれなかったという事は、相当酷いのだろう。

バカなの？　私やっぱり、フォローも出来ないレベルのバカなの？

「いい加減、己の価値を理解しろ」

父様は、私の目を見て言った。

薄氷《はくひょう》の如き瞳にからかう色はない。

真っ直ぐな視線は抜身《ぬきみ》の刃《やいば》のようで、思わず怯《ひる》みそうになる。

「お前はヴィント王国の恩人であり、英雄でもある。『海のしずく』の影響もあって、国内の人気も高い。その上、暗殺者を寝返らせ、魔王の石を掻《か》っ攫《さら》って行った王女をラプターが放っておいてくれると本気で思うのか」

英雄は言い過ぎだし、『海のしずく』は直接的に、私には結びつかないだろうとか。ラーテが寝返った事も、その原因が私である事もバレているんだろうか、とか。

色々言いたい事はあったけれど、口からは出なかった。

「お前はラプターにとって、間違いなく邪魔な存在だ」

迫力に圧倒されて息を呑む。喉がグビリと、おかしな音をたてた。


まだ魔法陣も完成していないので、詳しい話は後日。

イリーネ様から説明されるそうなので、父様との面接は終了した。

部屋を出る少し前、父様とレオンハルト様は、なにやら小さな声で話をしていたけれど聞こえなかった。普段だったら興味津々で耳をそばだてていたと思うけれど、今は自分の事で手一杯だったから。

自室へと帰る途中でも、父様の言葉をつい思い返してしまう。

『お前はラプターにとって、間違いなく邪魔な存在だ』

私は今まで、周りが全く見えていなかったんだと思う。

自分に出来る事を精一杯頑張ろうと突き進むだけで、前しか見てなかった。その結果が、誰にどのような影響を及ぼすかまで考えが至らなかったんだ。

病の蔓延《まんえん》を食い止める事や、魔王の復活を阻止しようとする事は、誰にとっても良い結果を齎《もたら》すと考えていたけれど、そうじゃない。

それは、あくまでネーベル王国、そしてネーベルの友好国からの視点だ。敵国から見れば真逆。父様の言う通り。ラプターにとって私は、かなり目障《めざわ》りな存在だろう。

「……っ」

自覚したのと同時に、寒気を覚えた。

命を狙われているのだと理解した瞬間、体が強張る。手を強く握りしめるが、血の気の失せた指先は冷たく、温まる気配がまるでない。

これまで色んな場所に行って、色んな経験をした。

私の旅はいつだって波瀾万丈《はらんばんじょう》で、命の危険を感じた事は一度や二度ではない。非力な私はその度にとても恐ろしい思いをしたけれど、今この瞬間に感じている恐怖は、また別種だった。

危険な場面に出くわしてしまい、巻き込まれるのとは違う。『私』の死を願う人がいる。

しかも、殺意が私に向けられているのに、いつ、どこで、誰が手を下すのかさえ分からない。

どこを見て、誰を警戒したらいいのか。いつまで耐えればいいのか。

何も分からないのは、酷く恐ろしい。突然、夜の大海に放り込まれたみたいだ。

足元が崩れ落ちそうなこの不安が、いつまで続くんだろう。もしかしたら、生きている限り、ずっと？

そう考えると、目の前が真っ暗になる。

「姫君」

じっと足元を見つめていた私は、声をかけられて我に返る。

顔をあげると、心配そうな顔をしたレオンハルト様と目が合った。

いけない、心配させちゃってる。

レオンハルト様は近衛騎士団長、つまり私達、王族を護《まも》るのが仕事だ。それなのに護衛対象である私が、不安で死にそうな顔をしているなんて失礼だろう。

レオンハルト様やクラウス、そして他の騎士達の腕を信用していないと言っているようなものだ。

無理やりにでも、笑わなきゃ。

強がりでも、ハッタリであっても、泰然《たいぜん》として構えていなくちゃいけない。それが、王族としての義務。

そう自分に言い聞かせて、笑おうとした。

引き攣りそうな口角を吊り上げようとしていた私の意識は、小さな衣擦《きぬず》れの音に向いた。次いで、冷えきっていた指先に集中する。

そっと触れたものが何なのか、すぐには分からなかった。

固い感触と、温かさが伝わってくる。緩慢《かんまん》な動きで視線を指先に向けると、節くれ立った指が、私の冷えた指をそっと包み込むところだった。

「……っ?」

レオンハルト様に手を握られているのだと理解して、私は狼狽する。

手袋越しでない熱を感じて、恥ずかしいとか嬉しいという感情が湧くよりも先に、迷惑をかけてしまうという言葉が頭に浮かんだ。

周囲に人気《ひとけ》がないとはいえ、城内だ。いつ誰が通りかかるか分からない。

レオンハルト様の立場と私の身分を考えれば、責められるのはきっとレオンハルト様だけ。そんなのは駄目。絶対に嫌だ。

咄嗟に手を引こうとしたけれど、それもまた失敗する。

私の行動なんて筒抜けであるように、レオンハルト様が力を込めたから。

なんで。迷惑、かけたくないのに。

焦りが大きくなって、子供みたいに泣きそうになる。

くしゃりと顔を歪めても、レオンハルト様は手を離してくれない。

「姫君」

呼ばれて、顔をあげる。

レオンハルト様の表情を見て、私は動きを止めた。

いつもみたいに子供を宥《なだ》める大人の顔で宥められたのなら、たぶんもっと抵抗していた。でも、違ったから。

私よりもずっと痛そうな顔をしている人を、どうしてこれ以上拒めるだろうか。

「怖いなら、怖いと言っていいんです」

暫しの沈黙の後、レオンハルト様は口を開く。

予想もしていなかった言葉に、私は虚を衝かれた。

「辛いなら辛いと、痛いなら痛いと言ってください。お願いだから、隠そうとしないでほしい」

珍しくも必死な様子で訴えるレオンハルト様に、驚いてしまう。

強く掴まれた手は、少し痛いほどだ。

「オレは貴方の命だけを守りたいのでは、ないのです」

どんな気持ちで言っているのか、想像も出来ない。

いつものレオンハルト様だったら。大人の余裕があって、落ち着いている彼ならば、私を安心させる為の言葉だろうとか予想出来た。

でも今のレオンハルト様は、違うから。

「貴方の命だけでなく心も、それから貴方の愛するものも全部、オレは守りたいと思っています。でもオレはどうしようもなく鈍い男だから、隠されてしまったら気づけないかもしれない。貴方の『大丈夫』という言葉を信じて、取り返しがつかなくなるのは御免だ」

驚きが大きすぎて、言葉も出ない。滲みかけた涙も引っ込んだ。

目を丸くしたまま固まる私を見て、レオンハルト様は眉を下げる。

「……本当は、こんな情けない話はしたくなかった。貴方の目に映るオレは、どうやら本物の数百倍は良い男なようなので、幻滅《げんめつ》される真似はしないでおこうと思ったのですが、後悔するよりは失望される方がずっとマシだと思ったんです」

苦笑するレオンハルト様に、私は反射的に頭を振る。

そんな事ない。

幻滅や失望なんてする訳ない。

彼の全てを無条件に愛しているとか、そういうのではなく。

単純に今、この時、私の鼓動は大きく脈打っていたから。端的に言うと、かつてないほどにときめいていたのだ。

でもレオンハルト様は私の否定を、ただの社交辞令と受け取っているのか、苦い笑みを深める。

「貴方はやはり優しい方ですね」

「ちがっ……」

否定したいのに、言葉が見つからないのが歯がゆい。

何故私の語彙は、レオンハルト様を前にすると消えてしまうのか。

一度詰まってしまってからでは、どんな言葉もきっと嘘くさく聞こえる。ただのフォローに聞こえてしまう。

そうじゃない、そうじゃないの。

貴方を思いやる優しさからでた言葉とか、そんな高尚なものじゃなくて。貴方を心底愛しているから、どんな貴方でも受け入れるとか、そんないい話でもなくて。

単に惚れ直しただけ。

私のツボに突き刺さっただけだ。

「私の想像より実物のほうが何千倍も素敵で、す……っ⁉」

ぽろりと洩れた言葉は、紡《まご》う方なき本音だ。

でも言うつもりなんてなかった。正しくは、こんな直接的な言葉で伝えるつもりはなかったのだ。

悩んでいるうちに本音が声に出てしまっていると気付いて、私は青褪める。

子供っぽいうえに、阿呆丸出しな発言をしてしまった。しかも、普段から妄想しているって本人に公言したようなものだからね。

引かれる。絶対に引かれる。

しかし、いくら待ってもレオンハルト様からの言葉はない。繋がれた手もそのまま。

恐る恐る顔をあげた私は、呆気《あっけ》にとられた。

繋いでいない方の手で口元を覆ったレオンハルト様が、真っ赤だったから。

視線を彷徨わせた彼は、取り繕うように咳払いをする。

「……それは、その……光栄です」

いつもより小さな声が、レオンハルト様が照れている事を表しているかのようだ。

私はどうしたらいいか分からないまま、俯く。手を離すタイミングも完全に見失ってしまった。

その気まずささえも、嬉しくて泣きそうだ。

さっきまで命の危機に怯《おび》えていたくせに。私って、なんて現金なんだろう。

魔導師達の鍛錬。

ローブを脱いで、部屋の隅へと放り投げる。

べしゃりと床に落ちたソレを拾い上げて、テオはオレを睨んだ。

「ルッツ。生地《きじ》が傷むから、雑に扱うなって何度も言っているだろう」

埃《ほこり》を手で叩《はた》いたテオは、小言を言う。口煩い母親のような相棒は、なんだかんだと文句を言いつつもオレの世話を焼く。

「丈夫だし、ちょっとくらい平気でしょ」

準備運動として軽く屈伸《くっしん》しながら、適当な返事をする。

自分もローブを脱いだテオは、溜息を吐き出した。

「相変わらず適当な奴……。少しは身なりに気を配れよ」

後ろ、寝癖ついてるぞと付け加えられたので、手で触って確認してみる。確かに一房だけひょっこりとおかしな方向に跳ねているのが分かった。

でも、特に何も思わない。そもそもオレの髪型って、全体的に寝癖みたいなものじゃない？

「別に恥ずかしくないし」

本心から言うと、テオはジト目になった。

「だらしない男だって、姫様に思われても別にいいんだな？」

「！」

片足を曲げ、もう片方の足を伸ばしている姿勢のまま固まる。

「女性は清潔感のある男性を好むって聞いた事があるが、姫様はどうだろう」

そう言いながら、テオは脱いだローブを丁寧に畳《たた》んだ。彼の姿を横目で眺める。特徴的な赤い髪は綺麗に短く整えられているし、ローブの下の白いシャツには汚れ一つない。首元のボタンを二つほど外しているが、襟がピンとしているせいか、だらしない印象は一切受けなかった。

凛々しく、逞《たくま》しく。その上明るく爽やか。隙のない好青年へと成長したテオの姿を改めて見たオレは、うぐぐと歯噛《はが》みした。

「……少しくらい隙があった方が、親近感湧くかもしれないだろ」

完全な負け惜しみを吐きつつも、テオの方へと近づく。テオが拾っておいてくれたローブをきっちり畳んでから準備運動へと戻った。

満足そうに笑っていたテオも、準備運動を始める。

大人な対応をされて、自分の情けなさが際立った。

姫の好みはきっと清潔感があって、頼りになる年上の男なんだろう。

近衛騎士団長の顔が脳裏に浮かぶ。中性的と言われる事が多いオレとは違い、男性的な魅力を持つ凛々しい顔立ち。それに騎士服の上からでも分かる、均整の取れた体付きは同じ男として羨《うらや》ましい限りだ。

国一番の実力者でありながら驕《おご》る事なく、穏やかな気性で、いつも落ち着いている。

背筋がピンと伸びた綺麗な立ち姿には一分《いちぶ》の隙もなく、経験に裏打ちされた自信のようなものさえ感じた。

そんな男、どうやって追い抜けと⁉

心の中で叫びながら、唇を噛みしめる。

追い抜くどころか追いつける気さえしない。

「ルッツ、そろそろ準備出来たか？」

「……おう」

もやもやする気持ちを振り払う為に、深く呼吸をする。

体を動かしていれば、余計な事は考えなくて済む。

頷いてから、テオに向き直った。

戦闘訓練の時、オレ達は武器を持たない。基本は体術のみである。

「行くぞ」

宣言してから、一気に踏み出す。

拳を突き入れると、手で払うように軌道《きどう》を変えられた。すかさずもう一方の拳を繰り出すが、同じように受け止められ、払われる。

流れるように今度はテオが拳を打ち込む。右、左と腕で弾き、続いて繰り出された拳を掴んで上へ払い、もう一方の攻撃を下へ払う。

その反動を利用してぐるりと回転しながら、距離を取った。

呼吸を整えてから距離を詰め、今度は蹴りを繰り出す。

テオは身を引いてそれを避ける。反動でぐるりと回ってもう一度放った蹴りは、肘を曲げて前腕《ぜんわん》で受け止められた。

　更に追加で拳を打ち込むとまたしても弾かれ、逆の手は体を引いて力を殺すように受け止められる。掴まれた腕を引かれ、そのまま投げ飛ばされた。

「……っ！」

　咄嗟に受け身を取ったので、衝撃はあるが大して痛くはない。

　だが条件反射で「いたた」と呟きながら目を開けると、テオが手を差し伸べてきた。

　悔しいので渋面《じゅうめん》を作りつつも、手に掴まって体を起こす。服についた埃を手で叩いてから、テオに向き直った。

「もう一回」

「いいけど、怪我すんなよ？」

　テオは手首を回しながら、呆れたように言う。

「余計な事に気を取られていると、足を掬《すく》われるぞ」

　足を引っ掛ける身振りをしながら、テオは溜息を吐き出した。

　ぐっと言葉に詰まると、テオは呆れ顔を苦笑いに変える。

「どうせ、姫様か騎士団長の事を考えていたんだろ」

「…………」

　返事はしなかったが、それが答えのようなものだろう。

「気持ちは分かるけどな。オレも驚いた」

　僅かに俯いたテオは、独り言みたいに言う。床へと向かう視線のせいか表情は陰り、少し沈んで見えた。

「考えてもみなかったから、衝撃も大きかった。……いや、わざと考えないようにしていたんだろうな。姫様はもう一人前の女性だ。好きな人だって出来るだろうし、それでなくとも近いうちに婚約して結婚するんだろう」

淡々とした声で、テオは見たくもない現実を突き付ける。

「一国の王女である姫様が、いつまでも独身でいられるはずない」

「分かってるよ」

嘘だ。分かってなんかいない。分かりたくもない。

反射的に言い返したのは、もう聞きたくなかったからだ。

顔を歪めるオレに、テオは苦い顔のまま口角を僅かに吊り上げる。

「頭では理解出来ても、ここが追いつかないんだよな」

ここ、とテオは心臓の辺りを軽く叩いた。

笑っているのに辛そうな表情を見て、テオも自分と同じだと悟る。

反発する気持ちも起きなくて、目を伏せて頷いた。

オレにとっての姫は、初めて出来た女の子の友達であり、初恋の人。でも、それだけじゃない。

オレの人生にローゼマリーという人がいなかったら、進む道は大きく外れていたんじゃないかと思う。それくらい、大きな存在。

姫がいたから、人を信じられるようになった。

姫がいたから、魔力を持っている事を不幸だとは思わなくなった。

当たり前みたいに笑えるようになった。未来に希望を抱けるようになった。

全部、姫がオレを友として受け入れてくれたから。

傷つける為ではなく、守る為に強くなろうと思えた。

「……あーあ」

ぐしゃぐしゃと自分の髪を掻き混ぜる。

「ずっと傍にいたいだけなのに」

零れ落ちた子供じみた願いは、確かにオレの本音だった。

テオは「そうだな」と笑いもせずに同意する。

「たったそれだけの事が、とんでもなく難しいんだ」

遠い目をしたテオの呟きに、オレも心の中で同意を示す。声に出して肯定するだけの気力が、今はない。

こんな臆病なオレを見たら、姫は呆れるだろうか。

転生王女の疑問。

父様との圧迫面接を終えた日から、一週間。

表面上は、平和な日々が続いている。

宣言通りに警備は強化され、城内及び自室周りの人員が増えた。専属護衛はクラウスのままだ。でもそれも、今後どうなるのかは分からない。

ゲーム通りだと、神子姫の護衛にクラウスが抜擢《ばってき》される筈だし。私の護衛もそれに伴って違う人になるのかも。

レオンハルト様がなってくれたらと考えるだけで、自然と顔が緩む。

あれから何度も廊下でのやり取りを思い出してしまう。そろそろ日常生活に支障をきたすレベルだ。

でも、思い出すなという方が無理。

だって私の言葉で、レオンハルト様が赤面してくれたんだよ？　期待してしまうのも当然でしょうが。

赤くなってそっぽを向くレオンハルト様、可愛かった。格好良い彼ばかり見てきたけれど、たまに見せてくれる可愛い一面の方が突き刺さっている気がする。

気を許してくれているみたいで、嬉しいんだと思う。

ずっと傍にいられたら、もっと気の抜けた姿も見られるのかな。

くしゃみとか欠伸《あくび》とか、寝癖つけている姿とか見てみたい。なお、マニアックすぎるというツッコミは受け付けておりません。

なんて妄想してみたけれど、冷静に考えると私の護衛がレオンハルト様になるなんて無理だろう。いくら私がラプターにとっての邪魔者になったからといって、国王や王太子よりも優先順位が上になるって事はない。

国を傾けたいなら、まず狙うのは父様だ。次点で兄様だね。

それに神子姫を召喚するのなら、一番に守らなくてはならないのは彼女だ。

こちらの世界の都合で身勝手にも巻き込むのだから、ちゃんと無傷で親御さんの許に帰してあげなきゃ。

というか、今更だけど神子姫を召喚しなくても済む方法ってないのかな。

女子高生を巻き込むって、罪悪感が半端ないよね……。しかも、本当に砂糖とスパイスと素敵なもので構成されていそうな可愛い女の子を、戦いに巻き込むってどうなんだ。

まだ父様がどういう方法を考えているのか分からないけれど、危険が伴うならば、反対する事も視野に入れておかないと。

でも、その場合は絶対に代替案《だいたいあん》を要求される。

そもそも父様の提示する手段さえも、雲をつかむような話なのに代替案なんて見つかるとは思えない。

それでも、やれる事は全部やろう。これまでもずっと、そうしてきた。

諦めるだけなら、いつでも出来る。

「クラウス。調べ物があるから、図書館に行きます」

席を立って、専属護衛の名を呼ぶ。

「かしこまりました」

笑顔で了承する彼と共に部屋を出る。扉の外には、近衛騎士が二人。

一人はクラウスの同期で、デニスという男性。人当たりがよく、友達が多そう。前世でいうところのムードメーカータイプかな。

もう一人はハンスという名の、年若い二十歳くらいの青年だ。体つきはがっしりしているが、顔立ちはまだ幼さを残しているから、もしかしたら十代なのかもしれない。

緊張しているのか、強張った顔をしたハンスを見つめていると目が合う。

すると、青年の顔が瞬時に赤く染まった。

あまりにも鮮やかに染まった顔に、つい目が点になる。

私とハンスの様子に気付いたクラウスは、眉間に深くシワを刻む。そして私の視界からハンスを隠すように間に立った。

「く、クラウス？」

「お待たせ致しました。図書館へ参りましょう」

全く待たされていないんだけれど、反論するにはクラウスの笑顔に迫力がありすぎる。

ちらりとクラウスの背後を見るが、クラウスが退《ど》く様子はなかった。

「貴方様が気にされる事ではございません」

取り付く島もない。

それ以上食い下がる理由もないので、大人しく図書館へ向かう事にした。

「……ローゼマリー様。一つだけお願いしたい事がございます」

歩きだしてから少しして、クラウスは口を開く。クラウスにしては珍しい、殊勝《しゅしょう》なお願いの仕方だ。

私的なお願いなら秒で断るが、薄っぺらい笑顔のクラウスを見る限り、仕事関連のようなので続きを聞く事にした。

「なにかしら」

「必要に迫られない限りは、男の目を見つめるのはお止《や》めください」

予想外の言葉に、私は再び目が点になる。

「……理由を聞いてもいい？」

「男というのは、美しい女性に見つめられると勘違いをする生き物なのですよ」

言外に、ハンスの赤面は私が見つめたせいだと言っているらしい。要はいらん勘違いさせるなと。

クラウスに叱られるのも珍しいが、美しい女性という単語の方に驚いた。分厚いフィルター越しの私に向けた大袈裟《おおげさ》な賛辞ではなく、シンプルだからこそ客観的に聞こえる。

今までの私は年齢的な部分のせいか、『可愛い』とは言ってもらえても、『美しい』なんて褒められ方は中々されなかったと思う。

それに男性に勘違いさせないよう気をつけろなんて、妙齢の女性に言うような注意のされ方も初めてじゃないかな。

私は、女の子ではなく女性として見てもらえる年齢になった？

レオンハルト様も、そう思ってくれるのかな……？

ポッと頬が赤らむのが自分で分かる。

すると、目の前にいたクラウスが動きを止めた。私と同じように頬を赤らめたクラウスは、眉を吊り上げる。

「そういうところです！」

なんで怒られた。解《げ》せぬ。

「貴方様が誰を思い浮かべたのか、私は分かりますが！　他の男なら確実に勘違いしますよ！」

凄いね、クラウス。

私が、レオンハルト様を思い浮かべてデレデレしているのに気付いているんだ。付き合いが長くなってきただけあるわ。

図書館までの道すがら、クラウスにこんこんと説教されるという珍しい体験をした。

私の周りにお母さんみたいな人が増えているのは、気の所為ではないよね。

「ご理解いただけましたか？」

「え、ええ。分かったわ」

恨《うら》みがましい視線に、思わず肩を竦《すく》めながら頷く。

怖いというより居た堪れない。最近、鈍いという理由で怒られる事が多いので気にはしているけれど、そう簡単に性格ってものは変えられないんだよ……。

でも、少しずつでも変えていかなきゃならない。

それにクラウスの言うように女性として見てもらえる年齢になったのなら、異性に対する線引きもきっちりしなくては。

私が振り向いてほしいのは、レオンハルト様だけ。

触れてほしいのも、彼だけだ。

大きな手の感触を思い返しながら、決意する。

「ごめんなさい、クラウス。これからは気をつけます」

「はい。お願い致します」

そう言ってクラウスは、表情を緩めた。

図書館に到着すると、歴史書と魔法に関する本を積み上げて片っ端から読み漁《あさ》る。

当然の事ながら、目新しい情報はない。

魔王に関する書物も見たいけれど、父様の私室にしかない。ここにあるのは御伽噺《おとぎばなし》だけだ。手にとって開いたページは、魔導師に憑依《ひょうい》した魔王と戦士達との戦いのシーンだった。

「……そういえば」

ふと、思いついて呟く。

ラプターは危篤《きとく》の奥様を魔王の依代にして救うという条件を提示して、リーバー隊長を唆《そそのか》した。

魔王の依代になれば病気が治るかどうかは別として、気になる部分がある。

リーバー隊長の奥様って、魔力持ちだったのだろうか。

ラプターは、リーバー隊長を騙しただけで、奥様を依代にするつもりは端《はな》からなかったという可能性もある。

もしくは、『魔王は魔力増幅装置』という私の前提が間違っているのか。

図書館に籠もった私の時間は、代替案を思いつくどころか、新たな謎を増やしただけで終わってしまった。

護衛騎士の苦労。

「ハンス」

不快な気持ちを隠す事もせずに低い声で呼ぶと、男は肩をビクリと跳ねさせた。

「はっ」

振り返って背筋を伸ばし立つハンスは、オレの不機嫌の理由に気付いているのだろう。青い顔をして冷や汗をかいていた。

詰所《つめしょ》近くの廊下なので、何人かの騎士が興味深そうにこちらを見ている。見世物《みせもの》ではないと睨みつければ、半数以上は逃げ出していった。残っているのは曲者《くせもの》ばかり。その中に、同期であるデニスの姿があった。

「クラウス、あんまり若いの虐《いじ》めんなよ」

野次めいた言葉を投げかけられ、眉間にシワを寄せる。

「なら、デニス。お前も来い」

「げ」

やぶ蛇、と言いたげにデニスは呻く。

一瞥してから背を向けると、彼は不承不承《ふしょうぶしょう》の態でついてきた。

人目がない場所まで来てから、足を止める。

「何故呼び出されたのかは、分かるな？」

そう切り出すと、ハンスは短く肯定の返事をした。

「お前の職務は何だ。言ってみろ」

「はっ。王女殿下をお護りする事であります！」

「そうだな。なら聞くが、護衛対象である御方に見惚れ、呆《ほう》けていてその職務が務まるか？」

ぐっと言葉に詰まったハンスの横で、半目のデニスが「お前が言う？」と呟いていたが黙殺する。

オレは、過去は振り返らない主義なんだ。

「周囲に目を配り、いち早く危険を察知するのが私達の役目だ。浮ついた気持ちは捨てろ」

「……申し訳ありません」

ハンスは肩を落とし、恥じ入るように謝罪した。大柄な彼が身を縮める様子は、叱られた大型犬のようだ。

意気消沈させたい訳ではない。だが、いつまでも腑抜《ふぬ》けたままでいてもらっては困る。

「王女殿下の警護を任されたという誇りを忘れるな」

「！」

ハンスは弾かれたように顔を上げた。

言葉を理解するにつれて、表情が引き締まる。

「何が起こっても即座に対応出来るよう、常に冷静であれ」

「はっ」

「いついかなる時も周囲を警戒し、小さな異変も見逃すな」

「はっ」

「今後は殿下の御前で、呆けた顔を晒《さら》す事のないように」

「…………」

打てば響く明朗《めいろう》な声が、分かりやすく途絶えた。

さっきまで真っ直ぐ前を向いていた目が、重力に負けたかのようにだんだん下へと向かっていく。

「……返事」

低い声で応えを促すが、中々声は返ってこない。

「ど……」

「ど？」

「努力、致します……」

歯切れの悪い返事を聞いて、額に青筋が浮かぶ。

思わず『あ』に濁点《だくてん》のついた、ゴロツキのような声が出た。

「なんだそのふざけた返事は。舐めているのか」

「ち、違いますっ！　ただ出来る事と出来ない事があると言いますか……」

「出来ない訳あるか。やれ」

「そんな事を言われましても」

涙目のハンスを睨み付けると、隣のデニスが苦笑いを浮かべて間に入った。

「はいはい、クラウス。一旦落ち着こうか」

ひらひらと手を振ったデニスは、気の抜ける緩い笑顔をオレに向ける。

手の甲で胸の辺りを軽く小突《こづ》かれ、続けようとした叱責の言葉を飲み込んだ。渋面を作りながらも口を噤《つぐ》んだオレを見てから、今度はハンスに視線を移した。

「ハンスも馬鹿正直に答えるんじゃないよ。少しは融通利《ゆうずうき》かせろ」

「申し訳ありません……」

「おい、聞き捨てならないぞ。適当に誤魔化す事を教えるんじゃない」

オレの望んでいない方向へと流れ始めた会話に、思わず割り込む。

デニスの肩を掴むと、彼は呆れ顔になった。

「お前が無理難題を押し付けるからだろうが」

「オレがいつ無理難題を言った」

オレの手を押し退けながら、デニスは溜息を吐き出す。

頭をぐしゃぐしゃと掻きながら、デニスは「あのなぁ」と前置きをしてオレを睨んだ。

「美人に見惚れるなって言うのは、男を辞めろと同義だ」

率直過ぎる物言いに、オレは絶句した。

「不敬だなんだとゴチャゴチャ抜かすなよ？　伝わりやすい言い方を選んだだけだからな」

不満を吐き出す前に、釘を刺される。

ぐっと唇を引き結んだオレを見て、デニスは睨むのを止《や》めた。

「美人に目が行くのは男の本能だ。いくらオレ達が訓練された騎士だからといって、本能には抗《あらが》えない。ましてや殿下は、とびきりの美人。見惚れるなという方が無理だ」

「ローゼマリー様をいやらしい目で見るな」

ジト目のデニスの顔には『うわ、こいつ面倒臭い』と、大きく書いてある。

「見てねぇよ。一般論だ」

「本当だろうな」

念押しすると、デニスは目を伏せて両手を軽く上げた。

「本当だ。そもそも邪《よこしま》な目を向けるには、殿下はお美しすぎる」

デニスの呟きを聞いたハンスは、同意を示すように大きく頷いた。

「同じ地上に存在しているとは思えないほどに、美しく清らかな御方ですよね。それなのに一切驕り高ぶる事なく、使用人にまでお優しいのですから、民が女神と崇《あが》めるのも頷けます」

ハンスはうっとりと目を細める。

ギロリと睨み付けると、しまったと言わんばかりの顔をしたハンスは、口を手で覆った。

「お小さい頃から見てきているオレでも見惚れるんだから、若い連中が骨抜きになるのも仕方ないだろう。実害はないのだから、大目に見てやったらどうだ」

デニスの無責任な発言に、オレはむっつりと黙り込んだ。

確かにローゼマリー様はお美しい。

昔から整った顔立ちではあったが、ここ数年の成長具合は目を見張るものがある。ほっそりとした手足はすらりと伸び、体つきも女性らしいラインを描く。丸みを帯びていた顔は可愛らしい少女から、美しい女性のそれになった。

蛹《さなぎ》が羽化するが如く、鮮やかに花開いた美貌に、誰もが振り返る。

ローゼマリー様が歩くと、視線は自然と吸い寄せられる。

見回りの騎士や仕事中の侍従《じじゅう》、忙《せわ》しなく働く侍女に庭師。それこそ老若男女問わず、誰もがローゼマリー様のお姿を見て、感嘆の息を零す。

そんな奇跡のような美貌の持ち主が、心までも清らかだというのだから、好意を持つなという方が無理なのだろう。

理解は出来る。だが、納得は出来ない。

実害がなかろうが、嫌なものは嫌だ。オレの大切な主人の、何かが減る気がする。

「手の届かない高嶺《たかね》の花を、遠くから見つめるくらいは許してやれ」

「高嶺の花などと安っぽい表現をするな」

「お前ブレねぇな……」

乾いた笑いを洩らすデニスに、オレはフンと鼻を鳴らした。

「花……そう、殿下は、花のようですよね」

ハンスは独り言のように呟く。

「仄かに甘くて、ずっと嗅《か》いでいたくなる良い香りがするんです」

大切な宝物を披露《ひろう》する子供みたいな顔のハンスに、オレの中の何かが切れる音がした。青褪めたデニスが「やばい」と小さく言ったが、どうやらハンスには聞こえていないようだ。

うん、いい度胸だ。

オレの前でその発言をした勇気だけは買ってやろう。

「ハンス」

想像以上に、低い声が出た。自分のものとは思えない、地の底を這いずるような声だ。

反射的に顔を上げたハンスは、オレを見て固まる。口を半開きにしたまま、どんどん顔色だけが悪くなっていく。いっそ面白いくらいの変わりようだ。

「これから一ヶ月、仕事終わりに鍛錬場へ来い。稽古をつけてやる」

ひぃ、と掠れた悲鳴がハンスの口から洩れる。

「い、いえっ……その、お疲れでしょうし、自分の鍛錬にお付き合いいただく訳には……」

「なに、大した事じゃない。可愛い後輩の為だしな」

ぶんぶんと大きく首を横に振るハンスの顔は、青を通り越して白くなっている。

隅に追い詰めた獲物をいたぶる獣の心境で、にんまりと口角を吊り上げた。

「性根を叩き直してやろう」

どうやらもう止められないと悟ったのか、デニスはハンスの肩を叩き「生きろ」とだけ告げた。

転生王女の機嫌。

出かけたい時にクラウスがいない。

実はこれは、かなり珍しいケースだ。

何かと私を優先してくれるクラウスだって、流石に二十四時間三百六十五日傍にいる訳ではない。にも拘らず、ふと思いつきで席を立つと、どこからともなくやってくるのがクラウスだ。彼だってご飯を食べるし、休憩だってする。少ないながらも休日だってあるのだ。なのに、何故か示し合わせたが如く。

まぁ、その辺りは怖いので突っ込まないでおこう。

とにかく、今日はその珍しい日で、護衛はクラウスではない別の騎士だ。出かけたいと思っても、クラウスはやってこない。

時間が空いたのでクーア族の皆の様子を見に行きたいのだけれど、慣れていない護衛を連れ回すのは気が引ける。どうしたものかと考えていたら、丁度よいタイミングでレオンハルト様が来てくれたのには驚いた。

お願いしてみると快諾《かいだく》してくれたので、レオンハルト様と一緒にクーア族の皆に会いに行く事となった。

なんて素晴らしい日なんだろう。

リリーさん達に会えるだけでなく、レオンハルト様と一緒にいられるなんて。

にこにこ笑っていると、横を歩くレオンハルト様は釣られたように微笑んだ。

「ずっとお忙しかったでしょうから、彼らとゆっくり話せるのは楽しみですね」

「はい。でも嬉しい事はもう一つあるんです」

素直に答えると、レオンハルト様は少し考える素振りを見せる。

「もう一つ？」

レオンハルト様は私の言葉を繰り返して、数度瞬く。

「という事は、他にも理由が？」

「はい」

とびっきりの理由が一つ。

心の中で呟きながら頷くと、レオンハルト様はまた考えるように視線を彷徨わせた。

「天気が良い？」

「晴れた日は好きですが、それではありません」

「暖かいから？」

無言で頭を振る。

暖かい日も晴れた日も大好きだけど、とびっきりの理由とは比べ物にならない。

レオンハルト様が隣にいてくれたら、雨の日も寒い日も、私は大好きだから。

考え込むレオンハルト様に向けて、秘密を打ち明けるみたいな声で「ではヒントを」と切り出す。

「今、私の隣にいらっしゃいます」

満面の笑みを浮かべて告げると、レオンハルト様の瞳が丸くなった。

「…………っ」

数秒固まっていたレオンハルト様は、私から視線を逸らす。

口元を覆った彼の頬や耳が、少し赤い。

「からかわないでください」

横目で私を軽く睨んでから、レオンハルト様は言う。少し怒っているような顔。でも赤いから、全然怖くない。

「からかってなんかいません」

じっと目を見つめてそう返すと、レオンハルト様は困ったように眉を下げた。

「男の目を、あまり真っ直ぐ見てはいけませんよ」

聞き覚えのあるセリフに、目を丸くする。

「先日、クラウスにも同じような事を言われました」

「クラウスに？」

レオンハルト様は俯けていた顔をあげ、聞き返す。

訝しげに眉を顰め、言葉を続けた。

「ちなみに、クラウスはなんと？」

「男性を勘違いさせるなと」

短く纏めて伝えると、レオンハルト様の眉間に深くシワが刻まれた。

さっきまでの照れ隠しのような怒り顔は全く怖くなかったのに、今の表情は怖い。目を細めただけなのに迫力がある。

「れ、レオンさま……？」

「つまり勘違いされるような事態になったという事で？」

何故か責められているような居心地の悪さを感じる。

「ちょっと目が合っただけです」

視線を逸らしながら答えると、レオンハルト様は私の頬にそっと触れて、顔を上げさせた。手袋越しの熱を感じて、触れられていると理解した。顔にどんどん熱が集まってくる。

覗き込んでくる漆黒《しっこく》の瞳には、私の呼吸を止めてしまいそうな威力があった。

「本当に？」

低い声には、責めるような色はなく、代わりに切実な響きが込められていた。

透明度の高い黒に見据《みす》えられ、誤魔化すのは難しい。

心臓が破裂してしまいそう。

「本当です……。ただ、目が合った騎士の顔が赤くなったので、クラウスは注意したのだと思います」

後ろめたさはないはずなのに、ぼそぼそと小さな声で答える。

「……なるほど」

レオンハルト様はそう言って、溜息を吐き出した。頬に添えられていた手が外される。

レオンハルト様が離れた後も、私の心臓はバクバクと早鐘を打っていた。全力疾走した後みたいに、息苦しい。

手で触れた頬は思いの外熱い。たぶん顔が真っ赤になっているはず。熱を冷ます為に、手で扇いでみた。

レオンハルト様の様子をちらりと横目で窺うと、目が合う。

予想していなかったので、ビクリと肩を揺らすと、レオンハルト様は苦い笑みを浮かべた。気の所為でなければ、少し哀しそうに見える。

「不用意に触れてしまって申し訳ありません。……怖かったでしょう？」

「こっ、怖くなんて！」

咄嗟に否定したけれど、途中で言葉に詰まる。

レオンハルト様は分かっていると言いたげに、困り顔で笑う。

嘘を吐いても、すぐにバレてしまうだろう。私はたぶん、致命的に嘘を吐くのが下手くそだから。

それなら、ちゃんと全部話さなきゃ。


「……ごめんなさい。ちょっと……ほんのちょっと怖かったです」

俯きながら小さな声で告げると、レオンハルト様は優しい声で相槌を打ってくれた。


「でも、それ以上にもっと、ドキドキしました」


「……え？」

唖然とした声を聞いて顔を上げる。声と同じくポカンとした表情だ。

何故驚くのだろう。私がレオンハルト様を大好きな事は、彼自身にもとっくに伝わっているはずなのに。

首を傾げながら、レオンハルト様を見上げる。

「貴方に触れられて嫌な気持ちになる筈、ありません」

「っ……⁉」

レオンハルト様は、大きく目を見開いた。

半開きになっていた唇が、ぐっと引き結ばれる。

じわじわと赤くなっていく顔を隠すように横を向いたレオンハルト様は、手で目元を覆ってから、長く息を吐き出した。

「……姫君、そういうところですよ」

疲れたような声で告げられた言葉の意味が、よく分からない。

そういうところって、どういうところですか。

転生王女の眠り。

北方の砦から帰還して、一ヶ月と少し。

リーバー隊長の訃報《ふほう》が届いた。

他国へ任務に赴《おもむ》く途中、北西の国境にある山脈付近で消息を絶ったらしい。街道から少し外れた場所で、谷底へと滑り落ちるような痕跡《こんせき》を発見したとの報告から、荒天《こうてん》で道を見失い、そのまま落ちたと判断された。

国で五指に入る騎士の訃報は、国中に大きな衝撃を齎した。

葬儀は遺体のないまま、身内だけでしめやかに執《と》り行《おこな》われたという。

北方の砦はイザーク・ヴォルター副隊長が隊長となり、副隊長は一時的に小隊長達で回すらしい。王都から新しい人員が配属されるまでの仮措置だ。

概《おおむ》ね、想像通りの結末となった。

真実を知るのは一握りの人間だけ。私も、最終的にリーバー隊長がどうなったのかは分かっていない。

国政に関わっていない私が知る事は、きっと一生ないのだろう。

でも、それなら……生きていてほしいと、願うだけなら許されるかな。

ベッドの中で、寝返りをうつ。

目を閉じても眠気は一向にやってこない。

私が悩んでも意味はないと理解しているのに、脳みそは勝手に働いてしまう。

諦めて体を起こすが、辺りは真っ暗。

室内をほんのり照らすのは、分厚いカーテンの隙間から細く差し込む月明かりだけ。朝はまだまだ遠そうだ。

ベッドからするりと下りる。夜の冷えた空気に晒され、布団の中で温められた体はすぐに温度を失くしていく。

慌ててショールを羽織ってから、窓の傍に近付いた。

カーテンを開けようと思って、手を止める。

気分転換にお月見でもしたいと思ったけれど、駄目だ。夜中にバルコニーでのんびりとお月見なんて、命を狙うなら今ですよと言っているようなものだろう。

諦めはしたけれど、相変わらず眠気はどこかに家出したまま。ベッドに戻る気にはならなくて、未練がましくカーテンの隙間から夜空をそっと見上げる。

僅かに欠けた蒼《あお》い月が、高い位置にぽっかり浮かんでいた。

ヴィント王国の村でも、こうして月を見上げていたっけ。

ナハト王子を王都まで送り届けて戻ってきたレオンハルト様と、丁度会えたんだった。私の無事を確認して安心したように笑ってくれた顔は、未《いま》だに覚えている。

レオンハルト様は、どんな気持ちでリーバー隊長の訃報を聞いたのだろう。

真実を知っていて、受け止められているならいい。

でも、私と同じように知らないままだったとしたら。そう考えるだけで、胸が痛む。

短い期間しか一緒にいなかった私ですら、こんなに辛いのに。親友であるレオンハルト様の痛みは如何許《いかばか》りだろうか。

自然と手に力が込もって、厚手のカーテンに皺を作った。

目を瞑って俯き、こつんと窓に額を押し付ける。ひやりとしたガラスの感触に、少しだけ頭が冷えた気がした。

この悩みに答えはない。

誰に聞く事も許されないのだから、リーバー隊長の死を表面上は受け止めて日々を生きていくしかないんだ。

どれくらい、そうしていただろうか。

ドサリと何かが落ちるような音が、耳に届いた。

顔を上げて、肩越しに振り返る。

室内に異変は見当たらない。物が落ちた様子もないし、ネロはベッドの枕元付近に置かれたカゴで、気持ちよさそうに眠っている。

確かに音は、近くはなかった。寝静まった深夜だからこそ届いた遠い物音。

外で何かが落ちたのかな。

はて、と首を傾げてから外へと視線を戻す。

それと同時に、影が差した。

真っ暗な視界に、月が隠れたのかと思い当たる。

さっきまで雲一つなかったのにと不思議に思いつつ、目を凝《こ》らす。すると暗闇の中から私を見つめる一対の目と視線がかち合った。

「ほぁっ……⁉」

驚きが大きすぎて、素《す》っ頓狂《とうきょう》な声が洩れる。

心臓がひっくり返ったんじゃないかってくらい、大きく跳ねた。

張り付いていた窓から一歩分、反射的に飛び退いたけれど、それ以上足が動かない。アラームの如くバクバクと煩い心音を聞きながら、目を逸らす事も出来ない私の眼前で、暗闇の中の目は三日月の形に細められた。

窓の外の誰かは人差し指の背で、コンコンと窓ガラスをノックする。開けて、と合図するみたいな気の抜けた動作に、警戒心が僅かに緩んだ。

暗闇に慣れた目が映し出したのは、見知った人物の顔。

少女漫画に登場する王子様キャラのように、甘い顔立ちのその人は、にんまりと口角を吊り上げる。日の下では穏やかに見える微笑みは、暗闇の中では牙を剥《む》いた大型獣の如く危うく見えた。

「ラーテ……？」

名前を呼ぶと彼は、もう一度ガラスを軽く叩く。

「あ、け、て」と口の動きで催促した。

現状が理解出来ないながらも、バルコニーに面したガラス戸の鍵を開ける。

キィ、と蝶番が甲高い声を上げながら、扉が開いた。

そうして半分くらい開いたところで我に返った私は、手を止める。

すぐに閉めようとしたが、その前にラーテは素晴らしい反射神経を発揮して、隙間に靴を滑り込ませた。

端整な顔から笑みが消えるのを、間近で見てしまった。

ハイライトの消えた目は、ホラー映画もびっくりなレベルで怖い。

ガッと扉の隙間に両手をかけてこじ開けられてしまえば、私のように非力なモヤシが勝てるはずもなく。

室内に一歩踏み込んだラーテは、再び、にっこりと笑う。

「こんばんは、お嬢さん。良い夜だね」

「こ、こんばんは」

口元が引き攣りそうになるのを堪えつつ、なんとか挨拶を返す。

「やっと会えたね。久しぶりだけど、元気にしていた？」

「ええ。ラーテも変わりない？」

うん、と頷く様子は無邪気な子供のようだ。

しかし纏う空気は張り詰めていて、気圧されて後退りそうになるのを、必死に耐えた。

「で、だ。なんで締め出そうとしたの？」

薄々気づいていたけれど、締め出そうとしたのが気に入らなかったらしい。

笑顔なのに不機嫌なのが分かるラーテに、私は情けなく眉を下げた。

「……ごめんなさい」

「謝ってほしい訳じゃないよ。なんで締め出したのか、理由が知りたいだけ」

謝罪を撥ね除けられて、うう、と小さく呻く。

これは正直に答えないと、許してもらえなさそうだ。恥ずかしいけれど、仕方がない。

私は観念して、口を開いた。

「……夜中に男性を部屋に招き入れるなんて、よくないなぁと。その、思いまして」

言った瞬間、ラーテの目が丸くなる。

『何言ってんだ、こいつ』と言いたげな表情に、居た堪れなくなった。

「ラーテが変な事をするとか思っている訳じゃないわよ⁉　じ、自意識過剰《かじょう》なのも分かっているわ。でも、嫁入り前の身としては、迂闊《うかつ》な行動は慎《つつし》んだ方がいいかなぁって……」

語尾が小さくなっていくのが自分でも分かる。

深く穴を掘って、入りたい。誰かに蓋をしてほしいくらいだ。恥ずかしい。両手で覆った自分の顔が熱くて、情けなさに涙が出そうだ。

私ってば、とんだ勘違い女じゃないか。

「……お嬢さんって、ズレてるって言われない？」

「追い打ちは止《や》めて……」

今の私は、耳まで赤くなっているだろう。

恥ずかしくて、顔が上げられない。

「予想外だよ、うん。でも、良い意味でだからね」

ラーテは、クスクスと喉の奥で笑う。

自意識過剰に良い意味なんてあるもんか。

フォローしてもらったのに、八つ当たりめいた事を思いつつ、恨みがましい目で見上げる。ラーテは至極楽しそうな様子で、さっきまでの張り詰めた空気は霧散していた。

「オレが貴方を殺しに来たとは、思わないんだ」

「！」

目を見開く私の様子に、答えを受け取ったらしい。

ラーテは嬉しげに、目を細めた。

「やっぱり、お嬢さんは面白い。近衛騎士団長さんは幸せ者だね」

「⁉　そ、そそそそんな事……」

さっきまでとは違う意味で恥ずかしくなる。

盛大につっかえながら、熱を持った頬を押さえた。

プロポーズされた訳でもないのに、すっかり嫁入りする気満々だが、ツッコミは不在だ。

「ちゃんと働いて、貴方を護るから。嫁入り道具には、オレも加えてね？」

囁くように耳元に落とされた言葉は、すぐには理解出来なかった。

嫁入り道具に、若いイケメンをリストアップしろと？

斬新《ざんしん》過ぎるんじゃないの、それ。

私が返事をする前に、ラーテは身を翻す。

「ちょっと、ラーテ……」

「あ。そういえば、カラスが新しい犬を押し付けられたみたいだよ」

「……いぬ？」

私の言葉を遮《さえぎ》るみたいに、ラーテは声を被せる。

唐突な話題転換についていけずに、間抜けな顔で鸚鵡返しした。

「お嬢さんが拾ってきた、大型の犬。カラスが面倒みるんだって」

肩越しに振り返ったラーテは、「秘密ね」と自分の唇に人差し指を押し当てる。

私が拾ってきた、大型犬。

そんな記憶は頭のどこを探しても、見つかりはしない。しかし、大型犬のように人懐っこい笑顔をふと思い出した。

「それって……って、あれ？」

目を離したのは数秒なのに、いつの間にかラーテの姿は見えなくなっていた。バルコニーには人の気配はなく、静まり返っている。

狐に化かされたみたいな気分になりつつ、ガラス戸を閉めた。

「生きている……そう思うだけなら、自由だよね」

独り言を呟いた私は、ベッドへと戻る。

目を閉じると、さっきまでとは違い、穏やかな眠りが訪れるような気がした。

転生王女の熟考。

澄み渡った青空を、白い鳥が隊列を作って飛んでいく。

庭園では色とりどりの花が咲き誇り、人々の目を楽しませていた。

庭を横目で眺めながら、回廊《かいろう》を進む。

暖かな風が頬を掠め、一拍遅れで甘い花の香りを届けた。

季節は春から初夏へと移り変わる頃。

魔法陣の完成が間近との知らせを受け、私はイリーネ様の待つ部屋へと向かっている。

今日も私の周囲は平和そのもの。

命を狙われていると知らされてから一度たりとも、脅威が迫った事はない。

私の周囲を警護してくれている騎士団の皆さんだけでなく、陰ながら守ってくれている人達のお陰だろう。

カラスとラーテ、それから新米密偵の顔を思い浮かべる。

器用な方だったから、すぐに馴染《なじ》んでいるのかな。それとも、大きな体を隠すのに手間取って怒られていたりして。

確定ではないけれど、そうだといいなと口元を綻《ほころ》ばせた。

「なにか、良い事でもありましたか？」

「！」

声をかけられて、我に返る。

隣を見ると、レオンハルト様と目が合った。

私の専属護衛はクラウスのままだけど、魔王関連の話し合いの時は、レオンハルト様が迎えに来てくれる事が多いように思う。

父様の粋《いき》な計らい……ではないだろう。内容が内容なだけに、ごく限られた人間しか同席を許されないという理由じゃないかと考えている。

今から向かうイリーネ様の部屋を含むエリアは、普段から立ち入りを制限されているが、魔法陣の研究をしている現在は更に厳しくなっている。必然的に警護にあたる人員も厳選される訳だ。

「えっと」

なんでもないです、と言葉を濁《にご》そうとして止めた。

見上げたレオンハルト様の顔色が良く、その目に濁りがなかったから。

きっとレオンハルト様も、彼の処遇について知っている。

それなら、うん。

「はい。良い事がありました」

へらりと緩く笑うと、レオンハルト様は目を丸くする。

少し眩しそうに目を細めた彼は、優しい微笑みを浮かべた。

「……内容をお聞きしても？」

「それは秘密です」

人差し指を軽く唇に押し当てて得意げに言ってみせると、レオンハルト様は可笑《おか》しそうに喉を鳴らした。

「秘密ですか」

「はい、秘密なんです」

「それは残念だ」

時折、レオンハルト様の口調が砕けたものに変わる。距離が縮まったように感じて、凄く嬉しい。

じんわりとした幸せを噛み締めている間に、部屋へと辿り着く。

「お久しぶりです、姫様。お待ちしておりましたわ」

出迎えてくださったイリーネ様は、そう言って微笑む。

久しぶりにお会いしたが、相変わらずお美しい方だ。

結い上げられた黒髪は艶やかで、白い肌はシミ一つない。

細く引き締まった体を包むのは、魔導師の証《あかし》である黒いローブと、明るいグレーのドレス。

レースはデコルテや縁取りなど最小限に止《とど》め、胸元には控えめな花の刺繍が施されているだけの、シンプルなデザインだ。それでも暗い印象は抱かず、寧ろ品の良ささえ感じさせるのは、イリーネ様が着ているからこそだろう。

私もイリーネ様みたいに、シンプルなドレスを格好良く着こなせる大人の女性になりたいな。

憧憬《しょうけい》の眼差しを向けていると、イリーネ様は私の頭の先からつま先までを、まじまじと眺めた。

「まぁ、姫様。暫くお会い出来なかったうちに、随分とお美しくなられて」

「えっ?」

まさか見惚れていた人に、逆に褒められるとは思わなくて面食らった。

「そう、でしょうか？」

「ええ。もう誰が見ても立派な淑女ですわ」

戸惑いつつも、自分の姿を見下ろす。

身長は確かに伸びたと思う。期待したほどは凹凸《おうとつ》が出来なかったけど……それなりに、女性らしい体つきにはなったんじゃないだろうか。

今日のドレスは落ち着いた青。藍染《あいぞめ》のような色合いで、一目で気に入ったものだ。デコルテと袖、そしてウエストの部分に金糸と銀糸《ぎんし》を組み合わせた細かな模様が描かれている。

スカートは同じく下半分に銀糸の模様。裾部分はフリルとレースを組み合わせてあり、可愛らしくも落ち着いた仕上がりだ。

私にしては、大人っぽいものを選んだつもりだけど。

そう見えているのなら、嬉しいな。

「これなら誰も、子供扱いなんて出来ませんわ。ねぇ？」

にっこり笑ったイリーネ様は、私ではなくレオンハルト様へと話しかける。

急に水を向けられたレオンハルト様は、言葉に詰まって固まった。しかしすぐに冷静さを取り戻し、笑みを返す。

「ええ。そうですね」

イリーネ様は笑顔のまま、小さな声で「あら、つまらないわ」と呟いた。

もしかしなくとも私の気持ちって、イリーネ様にもバレてるの……？

いつ、どこでバレた？　というか隠しているつもりなのに、私の恋心って各方面に筒抜けじゃないかな？

面白がっている風のイリーネ様は、私達を部屋の中へと案内するように踵《きびす》を返す。

その瞬間、レオンハルト様は息を吐いた。安心したみたいな吐息に、私はレオンハルト様を見上げる。

私の視線に気付いた彼は、顔を背けて咳払いした。

「……あまり見ないでください」

ぼそりと呟いたレオンハルト様の耳が、赤くなっているのに気付く。私は自分の顔がそれ以上に赤くなるのを感じながら、目を逸らした。

「こちらへどうぞ」

「！　はいっ」

イリーネ様の声に、我に返る。

ソファーに座ったところで、イリーネ様から意味深な視線を投げられた。うふふ、と楽しげに目を細めるこの美しい人には、おそらく隠し事なんて出来ないのだろう。

落ち着く為に、室内を軽く見回す。

私達以外に、誰もいないようだ。父様が同席しないのは、なんとなく予想していたけれど、ルッツとテオもいないんだ。

魔法陣を完成させる為に、今も別室で頑張っているんだろうか。

イリーネ様は私の向かいに腰を下ろし、目を合わせる。

「今日は姫様に、召喚と魔王の関係についてご説明させていただきたいと思います」

イリーネ様の言葉に、私は背筋を伸ばす。

私も聞きたいと思っていたので、丁度良かった。

召喚についての説明は後日と父様は言っていたけれど、詳細を省《はぶ》かれたらどうしようかと、ちょっと不安だったんだよね。

魔法について全く知識のない私に、事細かに説明しても意味はないし。日取りだけ教えたら十分と判断されそうだなあと。

だから、いざとなったら、父様に直談判《じかだんぱん》しようかと思っていたんだ。

もしかして神子姫召喚に反対する場合の代替案を探していたの、バレてたのかな。

先手を打たれたとか。父様ならありうる……。

資料を元にした推測になりますが、と前置きをしてから、イリーネ様は丁寧に説明してくれた。

「まず魔王と魔力の関係について、お話ししましょう」

イリーネ様は暫しの沈黙の後、そう切り出した。

「魔王の依代となった人物の多くは、魔導師であったという事はご存じですよね」

「はい」

静かな問いかけに頷く。

魔王という強大な敵に立ち向かうには、大きな力を持つ魔導師の協力は欠かせない。

しかし彼等は物理攻撃に対する防御力が弱く、戦いの中で命を落とす事が多い。つまり魔王の傍にあった器が、たまたま魔導師であったと当初は考えられていた。

しかし、幾度目かの魔王との戦いで気付いた者がいた。

魔導師ではない器《うつわ》を選んだ魔王は、以前よりも弱い、と。

もちろん、人一人で敵《かな》うようなものではない。

それどころか、一個師団も簡単に壊滅させられるだろう。魔王は腐っても魔王だ。

しかし、人類が一丸となって戦えば、もしやと。

そう――、『手が届く』と感じさせた。

「しかし、全てではありません。そして魔導師以外の器で蘇った魔王は、明らかに弱体化しておりました。故に、魔王は依代の持つ魔力を増幅させる力を持つと推論します」

イリーネ様の言葉は、私が以前考えた『魔王は魔力増幅装置』という仮定を肯定するものだった。

「つまり魔王にとって依代の魔力は、大きければ大きい程都合が良いという事。しかしそうすると、魔導師以外を器に選ぶ理由がありません。ですが実際に何度か、魔導師以外を依代として復活しております。それらから導き出される答えとして、魔王が依代に入る為には、いくつか条件があるのだと私は考えました」

「条件ですか?」

「一つは距離、もしくは時間です」

「……なるほど」

私はイリーネ様の言葉を聞いて、独り言のように零す。

「魔王は魔導師以外の器を選んだのではなく、選ばざるを得なかったと」

魔導師の器が近くになかったから、他で代用した。

となると魔王は器なしでは移動出来る範囲が限られる。もしくは器なしの場合、存在出来るタイムリミットがあると考えられるという事か。

簡単に纏めた考えを告げると、イリーネ様は頷いた。

「魔王にとって魔力は戦う為の武器であるのと同時に、自身を保つ為に必要な栄養源なのではないかとも考えられます。あくまで仮説の一つですが」

私達にとっての水や食事に相当するものが、魔王にとっての魔力。

それが事実なら、魔導師を魔王に近づけさえしなければいいのではと考えそうになるが、そんな簡単な話でもないのだろう。

「そして、もう一つが器の状態です。ごく最近、死亡した人間でなければならないのだと、私は考えておりました。しかし、ラプター王国の持つ情報で、それが誤りである可能性がでてきたのです」

「死亡でなくとも、怪我や病気などによって生命活動が低下した体も選択肢に入るという事でしょうか」

イリーネ様は軽く目を瞠った後、『是』と返した。

「姫様も気付いておられたのですね」

「ラプター王国の民話も、その可能性を示唆《しさ》しておりましたから」

ラプターの持つ情報が正しいかどうかは別として、最悪の場合を想定するなら無視は出来ない。

「どこまでが範疇《はんちゅう》となるのかの予想が出来ません。もしかしたら、完全に乗っ取るには死体の方が都合がよいだけで、生者の体にも憑依出来るのだとしたら……とても厄介です」

イリーネ様の険しい表情を見つめながら、私も青褪めた。

器の生死が関係ないのなら、非常に厄介だ。一度逃してしまえば、取り返しのつかない事になる。

あくまでも想像の話で根拠はないにしても、最悪を想定するならば対処も考えておかなければならない。

「で、ですが、魔力がなければ存在を保てないのでしたら、対処法もありますよね」

無理に明るい声を出してみたが、動揺は隠せていなかった。

場の空気が緩むどころか、イリーネ様の表情はより厳しくなった気がする。沈痛な面持ちの彼女は、暫し逡巡してから口を開いた。

「……魔導師である私達さえ近寄らなければ、対処も可能であると当初は考えておりました。昔と違い、魔法が使える人間は一握りですから」

イリーネ様の話し方が、過去形である事に嫌な予感がした。

当初は考えていた、という事は、今は違うと言っているも同然だろう。

魔法が使える人間は、一握り。これは間違いではない。

ネーベル王国以外では、魔導師の存在は確認されていないし、我が国でも少数。しかも、年々その数を減らしている。

その認識が間違っていないのなら、考え方を変えるべきかもしれない。

「『魔法が使える事』と『魔力を持っている事』は、同じではないと……？」

私が呟くと、イリーネ様は驚きを示す。

「やはり、姫様は聡明な方ですね」

返ってきたのは、言外に私の言葉を肯定するものだった。

言った私の方が、驚いてしまう。

まさか正解だなんて、思っていなかった。

当たっていても嬉しくない。寧ろ、おかしな考えだと笑い飛ばして欲しかったのに。

「もしかして、この国の民は……いえ、世界中の人が、魔力を持っている可能性があるとおっしゃるのですか」

「かつて、この世界の人間は皆、魔法が使えました。子孫である私達は徐々にその力を失くしていったと思われていましたが、ゼロではないのかもしれません」

尾《び》てい骨《こつ》などの痕跡器官のようなものだろうか。

退化の過程で用をなさなくなっても、形だけが残るというソレと同じ。私達は魔法を使えなくとも、ごく微量の魔力を持っているのだとしたら。

この世界のどこにも、安全な場所はない。

「それで、異世界からの召喚という話になるのですね」

「はい。過去から現在に至るまで、魔法及び魔力の痕跡のない世界から人を招く事が目的となっております」

魔法のない世界。

それで、前世の私が生きていた世界——地球が当て嵌る訳だ。正しくは、『私の生きていた世界に、よく似た世界』かもしれないけれど。

しかし、魔力を持っていないから、器にされる心配はないとして、だ。

「招いて……そこから、どうするのでしょう？」

神子姫が石を破壊して、彼女が憑依されなくても、周りに人がいたらアウト。

立入禁止にしたとしても、もしもの場合がある。事故でも故意でも、どちらにせよリスクが大きすぎる。

「まさか、石を押し付けて持って帰らせるなんて事はしないですよね？」

恐る恐る聞くと、イリーネ様は苦笑いを浮かべた。

「候補の一つに挙がっているのは、事実です」

やっぱりー……。

嫌な予感が当たった事を理解して、ズキズキと痛む頭に手を当てる。

一番手っ取り早いし、安全だ。

でもそれは、あくまで『この世界にとって』。

「魔力がなくなれば魔王は存在出来ないという仮定が正しければ、有効な手でしょう。しかし違った場合、私達は違う世界に災厄《さいやく》を押し付けてしまう事になります。ですので、その案はあくまでも最終手段」

私は少しだけ安心して、ホッと息を零す。

魔王と魔力の考察が正しいと証明されてからなら、引き取ってほしいけれど。前世の故郷に脅威を押し付けたいとは思えない。

「異世界からの召喚には、もう一つの目的があります」

「目的？」

鸚鵡返しすると、イリーネ様は暫《しば》し考える素振りを見せた。

「目的、というと少し語弊《ごへい》があるかもしれませんね。異なる世界からの召喚によって齎される効果に期待していると言えば良いのでしょうか」

そこからの説明は、私自身、ちゃんと理解出来たかどうか怪しい。

なので、分かった部分だけざっくりと纏めてみると。

世界から世界へと渡るには、器にも魂にも大きな負荷がかかる。

その為、世界の境界を越える時に、大きな力を得るらしい。

それが、自分の奥底に眠っていて、生命の危機を前にして呼び覚まされたものなのか。

神と呼ばれるような大いなる存在によって与えられたものなのかは、解明されていない。

からくりは分からないけれど、魔力を『陰』とするなら、『陽』。『マイナス』なら『プラス』となるような、相対する力を持つ者を召喚するつもりのようだ。

荒唐無稽な話だと言った父様の気持ちも分かる。

雲をつかむような話だ。

でも、同時に私は知っている。

奇跡を体現するような、可愛らしい少女の存在を。

転生王女の懐古。

イリーネ様から説明を受けて理解出来たのは、神子姫召喚と魔王消滅について、私に出来る事はほぼ無いって事だ。

魔法陣や召喚魔法を構築する知識も魔力もないし、仕組みを聞いた後では代替案も思い浮かばない。下手に動いたら、逆に危険を増やす気さえする。

護衛の皆さんの手を煩わせないよう、大人しくしているのが一番だろうと結論づけた。

そうして、ここ数日はダンスレッスンやドレスの採寸など、普通の令嬢みたいな日常を過ごしている。

そんな平和な日の午後に、兄様がやってきた。

自室で読書をしていた私は、突然の訪問に驚きつつも出迎える。

「久しぶりだな、ローゼ。変わりないか?」

「はい。兄様は……あまり元気そうではありませんね」

北の砦から帰ってきてから、一度は顔を見せに行ったけれど、忙しそうだったのでそんなに話は出来なかった。

その時も顔色が悪かったけれど、時間が経っても改善されていない様子。

「可愛い妹に会えなかったからな」

真顔で冗談を言っているが、相当忙しいのは見なくても分かる。

まず、神子姫召喚と魔王消滅に関するプロジェクト。

ラプターから送り込まれる暗殺者。リーバー隊長の逝去《せいきょ》に伴い、騎士団の編制も変わった。

それに私が父様にお願いした病院設立の件もあるし。

のんびりと読書しているのが心底申し訳ないと思う程度には、慌ただしいんだよね。

「お疲れでしたら、少しでもお休みください」

「寝るよりも、お前に会う方が癒やされる」

「心よりも頭と体を休めてくださいませ」

妹相手に真顔で甘い言葉を囁く兄様を、一蹴する。

「お茶を用意させますから、まずおかけになってください」

足取りはしっかりしているが、青褪めた顔を見ていると心配になる。

背中を押す勢いで、ソファーに向かわせた。

そんな私達のやり取りを、護衛であるレオンハルト様は微笑ましそうな目で見ている。ちょっと恥ずかしい。

されるがままだった兄様は、何かを思い出したかのように一度足を止め、レオンハルト様を振り返った。

「部屋の外で待機していてくれ。帰る時は声をかける」

兄様の発言に驚いて、私は目を丸くする。しかしレオンハルト様は苦笑いを浮かべて、「かしこまりました」と了承した。

私の護衛であるクラウスを連れて、退室してしまう。

「宜しいのですか?」

平和過ぎて実感が薄いけれど、一応、兄様も私も暗殺者に狙われている立場だ。

そして実感が湧かないのは、守ってくれている人達のお陰である訳で。

「信頼しているからな」

少し離れた程度、全く問題ないと言い切る兄様に、それもそうかと納得する。

「急ぎの仕事は片付けたんだ。少しくらい、兄妹《きょうだい》水入らずの時間を望んでも、バチは当たらないだろう」

「分かりました。では、お茶を……」

「いい。必要ない」

おいでと手招かれて、隣に腰を下ろす。

「まずは、これを渡しておこう」

そう言って兄様が取り出したのは、シンプルなクリーム色の封筒。赤い封蝋《ふうろう》の刻印には、見覚えがあった。

「ヨハンから?」

「ああ。私宛のものと一緒に届いたから、配達がてら抜けてきた」

差し出された手紙を受け取る。

隣国ヴィントに留学しているヨハンは、そろそろ帰国する筈だったけれど……もしかして、もう一年延期したいとか、そういう話だろうか。

「兄様はもう、ご覧になったのですか？」

「ああ。帰国が少し遅くなると書いてあった。懇意《こんい》にしていた方が、亡くなったそうだ」

「！　……それは、もしやギーアスター卿《きょう》でしょうか？」

青褪めた私の問いに、兄様は頷いた。

ハインツ・フォン・ギーアスター。

隣国ヴィントの西方一帯を治める辺境伯であったが、息子であるフィリップの犯した罪で、領主の地位を剥奪《はくだつ》された。

持病であった心臓の病が悪化し、病床に伏せていた。

「今は葬儀に出席する為、グレンツェに向かっている。ネーベルに帰ってくるのは、来月以降になるだろう」

「そう、ですか」

直接会えたのは一度だけだが、訃報を聞くとやはり辛い。

長年の交流があり、懐いていたヨハンの哀しみはどれほどのものだろう。事前に病の進行具合を聞いていたとはいえ、辛いのに変わりはない。

私か兄様が、傍にいられたらいいのに。

ああ、でも、ヨハンには苦しみを分かち合える親友がいる。ナハト王子が傍にいてくれたら、きっと大丈夫だろう。

俯いていた私の頭を、兄様が撫でる。

顔を上げると、慈《いつく》しむような眼差しとかち合った。

「帰ってきたら、二人がかりで甘やかしてやろうな」

「子供扱いするなって、怒られそうですけどね」

ふふ、と密やかな声で一緒に笑う。

「子供扱い出来るのなんて今だけだ。あと一、二年もすればお前達は手元から離れていってしまうからな」

少し寂しそうな声で、兄様は呟く。

悲しげな顔を見た私は、数度瞬きを繰り返す。

「……私もヨハンも、兄様の傍におりますよ？」

「そう言ってお前は、さっさと嫁にいってしまうんだろう」

拗《す》ねた口ぶりの兄様に、私は驚きを隠せない。

凄く珍しいものを見ている気がする。

「お嫁さん……」

復唱《ふくしょう》すると、ぽんとレオンハルト様の顔が思い浮かぶ。しかし兄様の視線を感じ、慌てて頭を振って、妄想を追い出した。

コホンと咳払いをして、誤魔化す。

「まだまだ先のお話です。それに、結婚したとしても会いに来ます」

レオンハルト様の許に嫁げたらいいなとは思うけれど、リアルな想像はまだ出来ない。成長したとはいえ、私はまだまだ子供だし。レオンハルト様に釣り合うまで、もうちょっと頑張りたい。

……主に、胸部の辺りを。

本音を告げても、兄様の表情は晴れない。

寂しそうな、悲しそうな顔を見ていると、なんだかこちらの胸まで痛んでくる。

結婚前夜に、親に挨拶しているみたいな気分になってきた。

まだ結婚が決まった訳ではないどころか、婚約者さえいないのに。

なんだって兄様は、今日に限ってこんなにも感傷《かんしょう》的なんだろう。

疲れているせいかな？

「兄様、少しここで休まれては？　一時間経ったら起こしますから」

ソファーで横になってもいいし、私のでよければベッドも貸そう。

「……ああ、そうだな」

「では、このソファーをお使いください。寝台の方が宜しければ、用意しますね」

「いや、ここでいい。ローゼ」

「はい？」

「膝を貸してくれ」

「……はい？」

ソファーから立ち上がった姿勢のまま、私は固まる。

今、なんか聞こえたような……聞き間違いかな？

一生懸命、現実逃避をする私を見上げ、兄様はソファーをぽんと叩いた。

「膝枕をしてほしい」

聞き間違いではなかったらしい。

そんな真っ直ぐな目で言われても、私はどう反応したらいいか分からないんですが……？

棒立ちする私をどう思ったのか、兄様は少し悲しげに眉を下げる。

「駄目か？」

うぐ、と私は呻いた。

捨てられた子犬のような顔をするのはズルい。兄様に弱い私は、どんな我儘でも聞いてあげたくなってしまう。

逡巡したのは、十数秒だった。

目を伏せて、諦めの溜息を吐き出す。

ソファーの端っこに腰掛けて、どうぞと示す為に膝を軽く叩いた。

嬉しそうに目を細めた兄様は、私の膝に頭を預ける。

ふわりと香るのはフレグランスだろうか。沈香《じんこう》のように落ち着いた香りは、兄様によく似合っていた。

「ありがとう、ローゼ」

「枕役は務めますので、ゆっくりお休みくださいね」

機嫌の良さそうな兄様は、頷いてから目を閉じる。

私は近くにあったひざ掛けを引き寄せて、兄様の体にかけた。

身長が百七十センチを超えている兄様では体全体どころかお腹くらいにしかかからないけど、ないよりはマシだろう。長い足もソファーからはみ出しているが、我慢してほしい。

さて、どうしよう。

兄様の顔の上で本の続きを読む訳にもいかないし。

手持ち無沙汰《ぶさた》な私は、眠る兄様の顔を不躾に眺めた。

白磁《はくじ》の如き肌は、間近で見てもシミ一つない。額にかかる白金色の前髪を、指でそっとどけた。

形の良い額に、綺麗なラインを描く眉。整った鼻梁に薄い唇。一つ一つのパーツが黄金比で、完璧に配置されている。

相変わらず、溜息が出るほど綺麗なお顔だ。神様は兄様を作る時に、細部まで物凄く拘《こだわ》ったんだろうなって妄想してしまうくらい。

「……前は、立場が逆だった」

目を閉じたまま、兄様は口を開いた。

前というのは、魔導師誘拐事件の時だろう。一人で頑張らなきゃって空回りしていた私を、抱きしめて守ってくれた夜の話。

「ぐずる私を、兄様があやしてくださったんでしたね」

「慰め方が分からずに、余計に泣かせてしまったがな」

昔の私には、兄様が綻び一つない完璧な王子様に見えていた。

でも、それは間違いだった。撫でる手も不慣れだったし、慰め方が分からなくて困っていたと思う。顔に出辛いだけで、焦ってもいたんじゃないかな。

それでも放置はせずに根気強く付き合ってくれたのは、完璧だからじゃない。優しい人だからだ。

そして、私とヨハンをとても大切にしてくれているから。

「お前の泣き顔を見て、不甲斐ない自分が情けなかったよ」

「いいえ。私は兄様の妹に生まれてこられて、幸せですよ」

嘘偽りない本心を告げると、兄様は目をゆっくりと開く。

濁りのない青い瞳が私を映して、柔らかく細められる。

「……私も、お前とヨハンの兄になれて幸せだ」

見つめ合っていた私達だが、恥ずかしくなって互いに目を逸らす。照れくさいというか、居た堪れないというか。

なんかムズムズする。

「お前達を産んでくださった義母上《ははうえ》には、本当に感謝している」

予想外の言葉を聞いて、私は照れていた事も忘れて兄様に視線を戻す。

しかし兄様の顔は至って真面目で、皮肉や冗談の類ではないらしい。そもそも、兄様が皮肉なんて言うの、あんまり想像出来ないけども。

だから本気で言っているんだろうって事は分かる。

とはいえ、納得も出来ない。

母様は兄様に優しくするどころか、目の敵《かたき》にしている人だよ？

辛く当たられても、恨むのではなく感謝するとか……兄様は、聖人かなにかかな？

無言のまま固まっている私に気付いた兄様は、困ったような表情になる。

「本心だぞ」

「存じております。ですから、余計に不思議でした」

バカ正直に答えると、兄様は破顔《はがん》した。

正直者だな、と喉を鳴らす。

「義母上は、私を良く思っていないようだから当然か。でも私は、それほどあの方が嫌いではないよ」

「……兄様は心が広すぎます」

つい、憮然《ぶぜん》とした口調になってしまう。

私だって、母様が憎い訳じゃない。自分を産んでくれた人だし、心の底から嫌う事は出来ないと思う。苦手だけど。すごく苦手だけど。

でも、兄様に対する態度は看過《かんか》出来ない。

「世の中には、心の中で罵倒しながらも、平気で美辞麗句《びじれいく》を並べ立てる人間が山のようにいる。その点あの方は、なんとも正直だとは思わないか」

「…………それは、まぁ」

歯切れ悪くも、同意する。

確かに母様は、表面上だけ取り繕って陰で虐めるなんて真似はしない。誰の前であっても兄様に冷たく当たるし、嫌味も言う。

でも、それって『正直』なんて前向きな言葉で表していいものかな……?

「それに、とても一途だ。あの冷淡な国王陛下をずっと慕い続けているのだからな」

幼子《おさなご》の初恋を見守るような口調に、私はなんとも言えない心地になる。どっちが年上か分かったものではない。

あと、他人事のように言っているが、実の父親と後妻《ごさい》の話だからね。

母様が嫁いできて、兄様は傷つかなかったのだろうか。

自分のお母さんが亡くなってから、ほんの数年で新しいお母さんが来るっていうのは、小さい子供には辛いんじゃないかな。私だったらたぶん、納得出来なかったと思う。

国王という立場上、仕方がないとは頭では分かっているが、感情は別だ。

微妙な顔で黙り込んだ私を見て、兄様は首を傾げる。

「ローゼ？」

「……兄様は、母様が嫁いできて、悲しくはなかったのですか？」

暫し逡巡してから、思い切って尋ねる。

すると兄様は自分の考えを探るように、一度目を伏せた。

「悲しいと思った事はない。実母《じつぼ》の記憶は一切ないし、父親がアレだからな。父親を取られるとか、自分の居場所がなくなるとか、そんな風に悩んだりもしなかった」

淡々と語る声に、嘘はないように思えた。

「それに私の母は、国王をあまり好いてはいなかったらしい」

「そうなんですか？」

驚いて聞くと、兄様は「聞いた話だがな」と付け加えて頷いた。

兄様のお母さんは肖像画でしか知らないけれど、兄様と同じ色彩を持つ、繊細そうな美女だ。鼻とか耳の形とか、似ているパーツはあるけれど、全体的な印象はあまり兄様と似ていない。

大人しい方だったそうなので、父様を嫌っているというより、恐れていたようだ。

長く生きられたとしても、幸せになれたかは分からないと、兄様は遠くを見るような目で言った。

「もし義母上が嫁いできてくれなければ、私はきっと家族の愛というものを一生知らずにいただろうな」

「兄様……」

「だから私は、義母上に感謝している」

兄様の穏やかな顔を見て、なんか泣きそうになる。

兄様の笑顔は私が守らねばと、謎の使命感が湧いた。

「ただ、お前達にとって良い母親かどうかはまた別の話だ」

誤解しないでほしいと付け加えた兄様に、私は頷く。

「母様の事を嫌いではないです。……というか、好きとか嫌いとか言えるほど、関わりがないんですよね」

一緒に過ごした時間が少なすぎて、判断がつかないとか、嫌いになる以前の問題だろう。

そんな人を良い母親だとは、とても思えない。

ただ完全に悪い人だと思えないのも事実だ。

もっと要領良く、強《したた》かな人だったら嫌えたんだろうけど。母様は意外と不器用だからな……。

もしかしたら、親近感が湧いているのかも。

「もう少し互いに歳を重ねたら、穏やかに話せるのかもしれません」

「……成人前の少女のセリフではないな」

兄様はそう言って、苦笑いを浮かべた。

偏屈王子の悼惜《とうせき》。

小雨が降りしきる中、元辺境伯　ハインツ・フォン・ギーアスターの葬儀がしめやかに執り行われた。

私……ナハト・フォン・エルスターも、その葬儀へと参加する為に王都からここ、辺境都市グレンツェへやってきた。

故人《こじん》の願いでひっそりと少人数で見送る筈だったのだが、彼の人望がそうはさせなかったらしい。石造りの墓の前には、行列が途絶える事なく続いている。

悪天候にも拘らず、杖をついた年寄りから母親に手を引かれた子供まで老若男女問わず、ギーアスター卿に花を手向《たむ》けようと黙って列をなしていた。聞こえてくる啜《すす》り泣きも一人や二人のそれではなく、どれほど彼が民に愛されていたかを証明していた。

「ハインツ様は、本当に沢山の人に慕われていたんですね」

隣国の第二王子であるヨハンは、葬列を離れた場所から見守りながら小さな声で呟く。その眼差しは優しく穏やかだったが、同時にどこか寂しそうでもあった。

彼もまた、ギーアスター卿を慕う人間の一人だったからだろう。

本来ならばネーベルへと帰国する予定だったのを延期してまで葬儀に参加したのだから、その心情は想像に難《かた》くない。

「我が国は、貴重な人材を失ったのだな」

苦々しい思いを溜息と共に吐き出す。

王太子という立場になり改めて分かったのは、自国の広さだった。私の両目だけでは王都内ですら把握するのが難しい。

端まで目を配るには信頼出来る人間を置く必要があるが、地方は地方で既に体制が出来上がっている。何も知らない人間を送り込むのは、ただ徒《いたずら》に溝を深めるだけだ。

かといって暗黙の了解という名の癒着《ゆちゃく》に目を瞑る訳にもいかず、定期的な監査は必須。そして、その人材を誤れば、汚職の温床《おんしょう》となる。

そんな中で、辺境一帯をなんの憂慮《ゆうりょ》もなく任せられる人間のなんと貴重な事か。

「王家への忠誠厚く、統率力に優れて民にも慕われている。そんな優秀な人は一握りですから」

他人事のように笑っているが、ヨハンもその一握りに含まれている。

王子という立場にありながら躊躇なく市井に溶け込み、どんどんと伝手《つて》を増やしていく手腕《しゅわん》は見事の一言に尽きる。身体能力に優れ、頭の回転も速い。誠実な人柄と言い切るには少しばかり腹黒いけれど、懐に入れた人間には真摯《しんし》に対応する。

友としても、王太子としても、手放すには惜しいと思わせる人間だ。

「ヨハン。やはり君は、この国に骨を埋《うず》めないか？」

以前に冗談交じりに告げて断られている言葉を、もう一度繰り返す。

「それはお断りしたはずです」

ヨハンは素気なく一蹴した。

「どうせこれから、人材の育成に力を入れる気なのでしょう？　僕一人減ったところで大差はありません」

一騎当千とまではいかないが、ヨハンなら百人分くらいの働きはしそうだ。

そう思いつつも、言葉にするのは止《や》めた。どうせもう、何を言っても止められはしないと分かっている。

「百人育成するところが九十九人になるなら大歓迎だ」

「ハインツ様に、横着《おうちゃく》するなと叱られますよ」

ヨハンは喉の奥で笑う。

ギーアスター卿を思い出しているのか、昔を懐かしむような目をしていた。

「なんでも出来るように見えたハインツ様でしたが、若い頃は失敗も多かったそうですよ。指揮官でありながら単身で敵陣に突っ込んで、死にかけて部下に叱られた事もあると聞きました」

「ギーアスター卿が？」

私の知る落ち着いた老紳士とは結びつかない。

「はい。若い頃は血気盛んだったらしいです」

ヨハンは葬列を見つめながら頷く。

「書類仕事は大嫌いで、執務室にはいつも未決済《みけっさい》の山が築かれていたとか。酒場で毎晩酒盛りして、ツケがとんでもない金額になっていたとか。当時のハインツ様を見て、晩年《ばんねん》の優秀な領主の姿を想像出来たとは思えません」

「……全てが豪快《ごうかい》な人だな」

反応に困り、なんとか言葉を絞り出す。

私の方を見たヨハンは、穏やかに目を細めた。

「統率力も信頼関係も、ハインツ様が長年かけて培《つちか》ったものです」

さっきヨハンが言った、横着するなという言葉が刺さる。

最初から全て完璧に出来る人間なんていない。

失敗しても、見誤っても、共に成長していくしかないんだ。

「ナハトも焦らずに、貴方の速度で歩けばいい。大丈夫です。貴方には信頼出来る父君と兄君、そして貴方を慕う民がいる」

出来の悪い弟を宥める兄のような声だった。

子供扱いするなと反発する気持ちよりも先に、寂しさが募る。

癪《しゃく》なので絶対に言わないけれど、長年傍にいたヨハンがいなくなるのは、やはり辛い。王子という立場以上に、偏屈王子などという渾名《あだな》をつけられるほど捻くれた性格が邪魔をして、友達なんて出来た事がなかった。

初めての友は、私とは違う方向性で捻くれてはいたが、知識が豊富で話していて楽しかった。

叶うならばこれからも傍で支えてくれたらと考える。しかし、きっとそれは過ぎた願いというものなのだろう。

「そうだな、私は私の出来る事からやろう。同盟国として頼りないと、ネーベルに切り捨てられない程度には頑張るさ」

「はい。期待しています」

ヨハンは、わざと偉そうに言って笑った。

いずれ私が即位する頃には、ネーベル王国も第一王子であるクリストフ殿下が王となっているのだろう。

王弟《おうてい》となったヨハンは国王の右腕となり、他国との外交で能力を発揮する可能性が高い。敵ではないにせよ、厄介な存在になりそうだと思う。

しかし同時に、楽しみだとも感じるのだ。

「いつかまた会える頃までには、姉離れしていろよ」

軽口を叩くと、今まで悠然としていた男の美貌が顰《しか》められる。

「余計なお世話です」

何でも出来る男の唯一の弱点が、解消される日は遠いらしい。

だが、それもまたヨハンらしい。

笑いながら見上げた空は、雲間から日が差し込み始めていた。

第一王子の驚愕。

某月某日。

王城の一室にて、前代未聞の実験が行われようとしている。

異世界の住人の召喚。

素面《しらふ》で口にしようものなら、正気を疑われそうな現実味のない話だ。しかし今、その空想のような話が、現実のものになろうとしている。

広い部屋の中には、家具は一つも置かれていない。

四方に窓はなく、出入り口は私の背後にある両開きのドアだけ。

大理石の床には、大きな図が描かれている。円と線とを複雑に組み合わせ、隙間を埋めるようにびっしりと文字が刻まれているソレは、魔法陣と呼ばれるもの。

その魔法陣を構成する呪文の綴《つづ》りを、魔導師長であるアルトマン、それから弟子二人が念入りに確認している。

入室してから既に一時間近く経過しているが、最終確認を急《せ》かす気はなかった。隣に立つ国王も同じ意見のようで、終始無言を貫いている。

一つでも間違えれば、魔法は不発に終わる……だけなら、まだマシだろう。魔力の暴走を引き起こし、怪我人を出す恐れさえあるのだから。

今回の召喚に使う魔法陣は、当然だが全てが初の試みだ。

通常、魔法陣というものは一つ、もしくは二つの魔法から出来ているらしい。

門外漢《もんがいかん》である私に詳しい原理は分からないが、組み合わせる魔法の種類が一つ増える毎《ごと》に、難易度は何倍にも跳ね上がるそうだ。

その話を踏まえた上で、今回の魔法陣はというと、だ。

こちらと異世界とを繋ぐ門の役割を担う術式、対象を探知して捕捉《ほそく》する術式、転移させる術式、そして対象を保護する術式など、様々な魔術が合わさって出来ている。

つまり、全てが規格外の代物。

稀代《きだい》の天才魔導師であるイリーネ・フォン・アルトマン主導の下《もと》に組み上げた術式であっても、不安は拭いきれない。

妹が同席しないと知った時は、心底安堵した。

先日会った時に、あの子はもう子供ではないと実感したが、それとこれとは別だ。極力、危険な目には遭《あ》わせたくない。

いつか……さして遠くない未来に、守る役目を誰かに譲るとしても、今はまだ。過保護な兄のままでいさせてほしいと願う。

傍らに立つレオンハルトを見上げると、彼は私の視線に気付いてこちらを見た。

「クリストフ殿下、如何《いかが》されましたか？」

「……いいや」

言葉では否定しながらも、つい睨み付けてしまう。

レオンハルトは怒るでも戸惑うでもなく、苦笑いを浮かべる。少し眉を下げた困り顔は、最近見慣れてきた。

私の可愛いローゼとレオンハルトの距離が縮まった事が面白くなくて、八つ当たりをしているからだ。

大人げない自分に情けなさを覚えるが、自制するのが中々に難しい。王太子として育てられ、感情を抑え込むのには自信があった私が、今更こんな悩みを抱える事になろうとは、思ってもみなかった。

「いい加減、妹離れしたらどうだ」

考えに耽《ふけ》っていた私を現実に引き戻したのは、溜息混じりの声だった。

今まで無言だった国王は、呆れを隠しもしない目で私を一瞥する。

「……貴方には関係のない話でしょう」

「確かに関係はないな」

口を出すなと牽制すると、国王はあっさりと肯定した。

やけに簡単に引き下がったなと訝しんでいると、国王は涼しい顔で「だが」と続ける。

「アレに知られて疎《うと》まれる前に、止《や》めるのが賢明《けんめい》だと助言はしておこう」

予想外の反撃に、ぐっと言葉に詰まる。

痛いところを突かれた。急に父親面《づら》するなと毒づいてやりたいが、負け犬の遠吠えにしか聞こえないのが分かりきっているので止《や》めておく。

苛立ちを押し殺し、引き結んでいた唇を解いて息を吐き出す。

今、この場で悪いのは国王でもレオンハルトでもない。私だ。子供じみた独占欲で、周りに当たり散らしている私だけ。

寂しいなんて、理由にもなりはしない。

「……レオンハルト」

「はい」

「すまなかった」

ばつが悪いが目を逸らす訳にはいかない。視線を合わせて短く謝罪すると、レオンハルトは微かに笑った。

「はい」

文句一つ零さないレオンハルトに、敗北感を覚える。

少し悔しくはあるが、大切な妹の選んだ男が、彼で良かったと思うべきだろう。

私達がそんな会話をしている間に、最終確認が終わったようだ。

アルトマンが、国王の前へとやってくる。

「陛下。準備が整いました」

その言葉に、姿勢を正す。

張り詰めた空気など気にした素振りも見せず、国王は平時の無表情のまま口を開く。淡々とした口調は、呆れるくらいいつも通りだった。

「そうか。では、始めてくれ」

「かしこまりました」

アルトマンがそう返すと、弟子二人……ルッツ・アイレンベルクとテオ・アイレンベルクの両名は魔法陣を囲むように立つ。

普段は首に嵌められている魔力制御のチョーカーは、外されていた。

外の音が一切聞こえない部屋の中に、踏み出したアルトマンの靴音が響く。

重苦しい沈黙が続いたのは、おそらく三十秒にも満たない。しかし緊迫した状況のせいか、やけに長く感じる。

息を吸う音が聞こえた次の瞬間、室内の空気が変わった気がした。

「『　　　　　　』」

アルトマンの口から、不可思議な音が紡《つむ》がれる。

古代の言語のような、遠い国の音楽のような。知っているようでいて、全く馴染みのない、そんな相反する感覚を引き起こす。

そしてアルトマンが詠唱《えいしょう》する呪文に合わせ、弟子二人の瞳の色がゆっくりと変わっていく。

ルッツは、藍色から銀へ。テオは赤から金へと。魔導師が魔法を使う時に現れる現象だと知識にはあったが、実際に目の前で見ると、やはり驚く。

こんなにも鮮やかに変わるものなのだな、と胸中で呟いた。

魔導師達の手がぼんやりと光り、やがてその光は魔法陣へと流れ込む。いや、凡人の私に魔力の流れが見えている訳ではない。

まるで色付きの水が注ぎ込まれていくが如く、外側の円から順に魔法陣が光り始めたから、目視《もくし》出来ただけの話。

玲瓏《れいろう》たる詠唱と共に、青白い光が文字を刻み、円を描き、線を張り巡らせる。どんどんと増す光が、魔法陣を満たしていく。

その光景はあまりにも現実離れしていて、息をするのも忘れる程に美しかった。

『　　　　』

アルトマンの詠唱が、ゆっくりとだが確実に、力強くなっていく。

呼応するように空気が震え、肌が粟立《あわだ》つ。

カタカタと背後のドアが、軋むような音をたてる。

窓もないのに風が起こり、魔導師達のローブの裾を揺らした。

弟子二人の額に浮かんだ玉のような汗が、ぽたりと床に落ちる。

おそらく、相当の集中力が必要なのだろう。目を伏せた彼等の眉間には、深いシワが刻まれていた。

『　　　　』

アルトマンの声と共に魔法陣を満たす光が、徐々に色を変える。

青から赤へ、赤から白へ。燃え上がる焔《ほのお》の如く、ゆらゆらと熱気を纏いながら。

そして熱気に煽られる蛍《ほたる》を思わせる光の粒が、無数に立ち上る。やがてそれらは魔法陣の中心で一つに集まり、大きな光の固まりを形成した。

卵……否、光で出来た繭《まゆ》のようだ。

光の大きさが人一人分になろうかというその時。パキリ、と硬質な音が鳴った。ひび割れから、更に眩しい光が洩れる。

その反応が、成功の証なのか、その逆か。

見守る私の前で、ひび割れは大きくなり、洩れる光も増していく。

そして――パァン、と鮮烈な音と共に光が弾けた。

「……っ！」

閃光《せんこう》と呼ぶに相応しい眩しさに、私は咄嗟に目を閉じる。

一瞬影が差したかと思うと、次いで、突風が吹き付けたかのような衝撃が襲った。

ゆっくりと目を開けて、眼球を庇う為に翳《かざ》した手を退ける。

まず視界に入ったのは、大きな背中だった。見慣れた黒の騎士服は、レオンハルトのものだ。私を庇う為に前に立ったのだろう。

いつもは整えられた黒髪が乱れているのから察するに、彼が庇わなければ私を襲った衝撃は更に大きなものだったのだろう。

「ご無事ですか？」

「ああ、問題ない。ありがとう」

レオンハルトに礼を言ってから、隣へと視線を移す。国王はさっきと全く変わらない様子で立っていた。髪も大して乱れておらず、表情も変わりない。

しかしその薄青の瞳が、僅かに瞠られていた。

「……成功したか」

ぽつりと、端的に呟く。

その言葉をすぐには理解出来なかった。

国王の視線を追う形で、魔法陣へと視線を戻す。

アルトマンの背の向こう側。魔法陣の中心に、何かが浮かんでいる。

光を纏う、柔らかそうな髪、白い肌、伏せた目を飾る長い睫毛。ほっそりとした手と、スカートから伸びる細い足。

浮いていた爪先が床に下りるのと同時に、ふわふわと纏っていた光が消える。

「大儀であった」

アルトマンらを労う国王の低い声に反応したかのように、目が開いた。

明るいヘーゼルの瞳は、ぼんやりと焦点が定まっていない。おそらく、まだ現状を理解していないのだろう。

……簡単に、理解出来る筈もないが。

異世界より招かれたのは、私の妹と同じ年頃の小柄な少女だった。

私を含めた皆が黙って見守る中、少女の目に、ゆっくりと生気が宿っていく。

緩慢な動作で室内をぐるりと見回した後、長い睫毛が瞬いた。

そして何度か、同じ動作を繰り返す。一度目はおそらく現状を把握する為に、無意識で。二度目は自分が見たものが信じられなくて確認するように。三度目は夢であってほしいと希望に縋《すが》るような面持ちだった。

大きく見開かれた瞳からは、大きな驚きと戸惑いが読み取れる。

「は、え？　うん？」

少女らしい高めの声が、意味を持たない音を発する。

「え、え？　ここどこ？　……ゆめ？　なんか、すごーくリアルな夢みてる？」

細い指先が、柔らかそうな己の頬を摘《つま》む。痛い、と呆けた声を洩らすのに、心が痛む。妹……ローゼよりも幼い仕草を見て、罪悪感が湧き起こった。

自分達も背負いきれないものを、こんな子供に背負わせるなんて許されるのか。

動揺して動けない私の隣で、国王が一歩踏み出す。

アルトマンの横を通り過ぎ、落ち着かない様子で視線を彷徨わせる少女の前へと進んでから、国王は口を開いた。

「異世界からの客人よ」

「ひぇ」

話しかけられた少女は、小さな悲鳴を洩らす。

大きな目で、国王の顔をまじまじと眺めた。

「目が、目がちかちかするよぅ……」

少女は、光源でも見てしまったかのように目を細めて呻く。

しかし国王は少女の言葉を気にした様子もなく、話を続けた。

「色々と混乱しているだろうが、説明はもちろんしよう。だがその前に、こちらの都合で、身勝手にも呼び寄せてしまった非礼《ひれい》を詫《わ》びたい」

申し訳なかった、と平坦な声で告げる。

謝ったのだと理解するまで、数秒を要した。相変わらずの無表情で、横柄《おうへい》にも思える態度だが、あの国王が謝罪。その事実は私に、大きな衝撃を齎した。

「えーっと、えと、その、何がなんだかよく分からないんですけど……」

謝られて面食らった少女は、困った顔でもごもご呟く。

「そうだろうな。貴方への謝罪は、私の自己満足だ。受け止める必要も、許す必要もない」

「は、はあ……」

無表情のまま淡々とした様子で返されて、少女の戸惑いは大きくなったようだ。少女の中の『謝罪』という定義から外れた言動だからだろう。

一般的には、謝罪されたら、許すか許さないかの二択になるはず。だが、どちらも必要ないと国王は言った。では、なんの為の謝罪か。

己の気持ちを軽くする為の自己満足、というごく普通の感覚が国王にある筈もない。

被害者と加害者という立ち位置を、はっきりさせる為だと推察する。

少女に不利益な選択を迫る時に、従う以外の選択肢があるのだと示しているのではないだろうか。

もちろん、それは罪悪感や善意が言わせた言葉ではないと私は考える。

なにかしらの思惑があるのか、それとも。

「場所を移してから、詳しい説明をしよう」

誘導するように、国王は踵を返す。

迷っているらしい少女の背に、アルトマンはそっと手を添える。「こちらへどうぞ」と示されるのに抵抗はせず、少女は恐る恐る歩きだした。

別室に移動したのは、国王と少女の他には、私とアルトマン、それと護衛のレオンハルトだけだ。ルッツ・アイレンベルクとテオ・アイレンベルクは、かなり消耗《しょうもう》しているようなので、今頃休んでいるだろう。

応接間に通された少女は、キョロキョロと落ち着きなく周囲を見回している。

布張りのソファーの隅に腰掛けた彼女は、酷く居心地が悪そうだった。

私達の顔を順番に見つめてから、またしても眩しそうに目を細める。

ボソボソと小さな声で何事か言っているようだが、よく聞き取れない。ガンメンヘンサチがどうのと聞こえた気がしたが、意味は分からなかった。

「まずは、貴方の置かれている状況の説明からだな」

国王の言葉に、少女は身を乗り出して頷く。たぶん、一番知りたい事だろう。

「ここは、貴方の生きていた世界ではない」

「！」

少女は息を呑む。

「国の名は、ネーベル王国。私は国王、ランドルフ・フォン・ヴェルファルトという。ある目的の為に、部下を使い、貴方を召喚魔法で呼び寄せた」

「ちょ、ちょっと待ってください。召喚とか、魔法とか、小説や漫画《まんが》じゃあるまいし」

掌を突き出し、少女は国王の説明を止める。

国王の話を止めるなんて無礼だと咎める人間は、この場にはいない。当の本人も気分を害した様子もなく、平時の無表情だ。

「『マンガ』とやらが何かは分からないが、事実だけを話している」

端的に返されて、少女は言葉に詰まる。

「魔法を使える人間は少ないが、確かに存在している。ここに貴方がいる事が、何よりの証明だとは思わないか」

「それは……」

「すぐに信じられなくても構わない。こちらの願いを聞き届けるかどうかも、説明を聞いてから判断してくれ」

少女は迷うように暫く沈黙していたが、やがて小さく頷いた。

少女は、フヅキ・カノンと名乗った。

家名がフヅキで、名前がカノン。彼女の住む国では、家名が先にくるという。年齢は十五歳。『ジョシコウ』と呼ばれる学《まな》び舎《や》で、帰宅前、友達を待っている最中に召喚されたそうだ。纏っている不思議な衣《ころも》は、その学び舎の制服らしい。

フヅキの簡単な自己紹介を聞いてから、国王は簡潔に説明をした。

魔王という存在が、この世界の平和を脅かしている事。

現在は封印されているが、いつ解けてもおかしくない事。

そしてフヅキが、魔王を消滅させる力を持っている可能性がある事。

無駄を省いた説明を聞いているうちに、フヅキの顔色がどんどん悪くなっていく。

冷や汗をかきながら沈黙していた彼女は、『魔王を消滅させる力』のくだり辺りで、耐えかねたように叫んだ。

「ないないない！　有り得ないです！　私は、どこにでもいるごくフツーの女の子ですからぁ！」

首を痛めてしまうのではと心配する勢いで、頭を振る。

「そういうのは勇者とか聖女とか、なんか、すっごい人達にお願いしてください。平凡な女子高生には荷が重すぎますっ」

フヅキの反応は、ごく自然なものだった。

平穏な日常を過ごしていた少女に、魔王だの世界平和だの言っても、背負いきれるものではないだろう。

国王はフヅキの言葉を聞いて、ふむ、と頷いた。

「貴方の世界には、勇者や聖女がいるのか？」

「へ？　い、いいえ。今はたぶん、……いないと思います」

唐突な質問に、フヅキは虚を衝かれた様子だったが、素直に答える。

「なら、どこにどのように現れるのだ？」

「えっとぉ、小説とか漫画では、異世界から召喚された、り……」

記憶を辿るように視線を上に向けながら話していたフヅキの声は、だんだんと小さくなって、最後には消えた。

墓穴を掘ったと、自分でも気付いたのだろう。

「なるほど。貴方と同じだな」

国王の言葉の、なんとわざとらしい事か。

「そ、それはそうかもですけどぉ……、私には特別な力なんてありませんし」

「その召喚された者達は、元の世界でも力を持っていたのか？」

「…………」

フヅキは黙り込んだ。

しかし向けられる視線に耐えかねたのか、視線を逸らしながら口を開く。

「……たぶん、違います。召喚される時に、神様によって不思議な力を授けられたりするような……」

なにも馬鹿正直に、そこまで話す必要はないのに。

私の大切な妹に似た不器用さに、顔を覆いたくなった。可哀想で見ていられない。

「ならば、異世界より招かれた貴方に、不思議な力が宿っている可能性もあるという事だな」

国王の追い打ちに、少女は三十秒近く固まっていた。

普段よりも柔らかな対応でありながらも、根本的な部分は何も変わっていない。懸命に逃げ道を探す子供相手に、容赦なく淡々と退路《たいろ》を塞《ふさ》ぐ。国王はやはり国王だった。

断ってもいいという前提があるので、フヅキはおそらく強制されているとは思っていない。

事実、決定権は彼女にある。

しかし同時に、一番楽な選択肢を隠されているのも事実であった。

『説明を聞かずに、そのまま帰還する』を実行すれば、罪悪感を覚える事なく日常に戻れるのに。

中途半端に聞いてしまったから、見ないふりが出来なくなっている。

そして、脅されるのではなく、お願いされているから、自分が被害者である意識が殆どないのだろう。

「もし、私になんの力もなかったら？」

「もちろん、すぐに貴方の住む世界へとお帰ししよう」

フヅキが恐る恐る口にした仮定に、国王は即座に頷いた。

彼女はホッと、安堵の息を洩らす。迷った子供が、帰路を見つけたみたいな無防備な顔に、私の良心が痛んだ。

帰る為の条件が『説明を聞く』から『なんの力もなかったら』へと、フヅキに不利な方に移行している。

それにさえ、フヅキは気付いていていない。

ローゼも素直で腹芸の出来ない子だと思っていたが、あの子だったら、この分かりやすい罠に気付いただろう。

帰れるという一点に注目しすぎて、他を見失っている。

目の前に現れた帰路が、丁寧に舗装された回り道だとも知らずに。

「では、能力があるかどうかを確かめさせてもらってても構わないという事だろうか」

「……試すだけなら」

国王の問いに、フヅキは躊躇している様子だった。

しかし暫しの沈黙の後、そう言って頷く。

「協力、感謝する」

ふ、と息を吐いてから国王はそう告げる。いつも通りの無表情が、人の悪そうな笑みに見えた気がした。

「無理だったら、帰してくださいね？　ほんとのほんとにですよ？」

「ああ、必ず。約束しよう」

フヅキが念押しすると、国王は鷹揚に頷く。

無理ならばこちらとしても、フヅキを留め置く理由もないのだから当然だろう。しかしフヅキはこちらの思惑など欠片も気付かぬ様子で、気の抜けた顔で笑った。

罠にかかった子ウサギが、きょとんと首を傾げている絵が思い浮かんで、気まずい事この上ない。

だからといって、騙されるなと忠告するつもりもなかった。所詮《しょせん》、私も加害者側の人間なのだ。

「なら、とっととやっちゃいましょう！　何処に魔王が封印されているんですか？」

フヅキが意気込んで拳を握ると、国王は取り出した小さな箱を机の上に置く。

手のひらの上に丁度載る大きさの立方体で、深い藍色に銀の縁取り。飾り気はないが、頑丈そうだ。

留め金を外して箱を開けると、衝撃を和らげる役割の布に包まれた拳大の石が収まっている。

フヅキはその石を、まじまじと眺める。丸く瞠られた目は、石と国王との間を何度も行き来した。

「え……、コレですか……？」

フヅキは困惑した様子で石を指差す。

私も実物を見るのは初めてだったが、どう見てもただの石ころだ。特筆すべき点は見当たらない。

しかし、国王は至極真面目な顔で頷く。

「えっ、でも、コレ……」

その顔を見たフヅキは、開きかけていた口を閉ざす。

「これは、ただの石でしょう」と言いたかったのだと推測する。しかし、誰も異を唱えない状況下で主張する勇気はなかったのだろう。

「……分かりました。触っても何ともならないですか？」

「この通り、問題ない」

国王は自らの手で石を持ち上げてみせる。

そのまま差し出されて、フヅキはゆっくりと手を近づける。熱さを確認するように、一瞬だけ指先で突《つつ》くのを何度か繰り返した後、恐る恐る掴み上げた。

「コレを壊せばいいんですね？　せーの……っ」

フヅキが両手で包み込んだ石を高く持ち上げた瞬間、国王を除く全員が身構える。

そのまま床に叩きつけようとしているのが、理解出来たからだ。

しかし国王は落ち着いた様子で、頭を振る。

「そうではない。ただ壊しただけでは、魔王が復活する可能性が高い」

「ひえっ⁉」

フヅキは今更青褪める。手の中の石をしっかり持とうとしているが、慌てているせいで、逆に何度も取り落としかけた。

この少女の行動を見守っているだけで、胃が痛い。

「じゃ、じゃあ、どうすれば……？」

「貴方の力を使って、その中に封じられている悪《あ》しき力を浄化、もしくは消滅させてほしい」

「……具体的には？」

「前例がないので方法は不明だが、まずは力を注いでみてはどうか」

フヅキは「力をそそぐ」と国王の言葉を鸚鵡返ししながら、石を撫でる。

両手で擦《さす》ってみたり、力を込めて握ってみたりと試行錯誤《しこうさくご》している様子だが、どれも物理的に見えた。

暫くして手を止めた彼女は、顔を上げる。

「ぜんっぜん、出来る気がしません……」

眉を八の字にして、フヅキは弱音を吐く。

国王は、考える素振りを見せた後、「アルトマン」と呼びかけた。

「魔力はどうやって込める？」

「魔力とはおそらく性質が違いますので、余計な癖をつけてしまう可能性もございますが、宜しいでしょうか」

「構わない。糸口を掴めなければ、いくら時間をかけても無駄になる」

「かしこまりました」

アルトマンはフヅキに向き直り、丁寧に教示する。

血が巡るが如く、心臓から体中へと送られる力を、指先へと集める。目を閉じたフヅキは、アルトマンのその言葉に従って、想像図を頭の中に思い描いているようだ。

素直な気質であるフヅキは、言われたままを行う。

その様子を黙って見守っていたが、視覚的な変化は起こらなかった。

室内に沈黙が落ちる。

十分間以上集中していたフヅキは、目を開ける。水から顔をあげたみたいに、プハッと詰めていた息を吐き出した。

「ごめんなさい、無理っぽいです」

そう言ったフヅキの顔は、申し訳無さそうにも、安堵しているようにも見えた。おそらく、その両方が彼女の正直な気持ちなのだろう。

広げてあった緩衝《かんしょう》用の布の上に、石を置く。

そこで、ふと何かに気付いたのか、フヅキは手を止めた。

「ん……？　なんだろ、これ」

フヅキは、手についていた粉らしきものを払う。

白い布の上に、灰色の粉がパラパラと落ちた。

「あっ、ごめんなさい。布が汚れちゃいますね」

焦りながらフヅキは、布の上の粉を床に払い落とそうとする。

「待て」

それを止めたのは、国王だった。

「アルトマン、確認を」

「はい」

アルトマンは「失礼します」と断りを入れてから、フヅキの手を柔らかく掴んだ。

慎重な手付きで粉を落とした後、布の上のものと一緒にして観察する。石と粉とを見比べ、手にとって確認したアルトマンは国王を見た。

「おそらくですが、石の一部が劣化して砂状になったものと思われます」

「やはりか」

アルトマンの報告を聞いて、国王は短く呟く。

「えっ？　で、でも、持った時の表面は、ツルツルでしたよ？」

「だから、それが貴方の力なのだろうな」

「……私の？」

フヅキは自分の両手に視線を落とす。

握っていた手を開いた彼女は、可視化出来ない力を探るように、じっと掌を見つめた。

「少々時間はかかりそうだが、貴方の力は有効である可能性が高い。どうか我らに力を貸してはもらえないだろうか」

「ええっと……、助けたいのは山々ですけど、帰らないとパパとママが心配するし」

「アルトマン。召喚した時間に帰す事は可能か？」

「今は、あちらの世界からフヅキ様を一時的に切り離し、お借りしている状態です。お帰しする時は歪みが起こらないよう、同じ時間の同じ場所になるでしょう」

「で、でもでも、私、戦えないですし、足手まといになっちゃいますよ？」

「貴方が戦う必要はない。傷一つつけずにご両親の許へお帰しする為、国一番の騎士を護衛につけよう」

なんとか逃げ道を探すフヅキだったが、端から言い訳を潰されていく。

留まらなくてすむ理由が思い浮かばなくなったのか、青い顔で俯いたフヅキの前に、一人の男が進み出た。

優雅な動作で跪く男に、少女の視線が吸い寄せられる。

「レオンハルト・フォン・オルセインと申します」

短い挨拶を述べたレオンハルトを見て、少女の青褪めた顔が赤くなった。

転生王女の憂鬱。

ついに、神子姫が召喚されたらしい。

曖昧《あいまい》な言い方になってしまうのは、まだ一度も会えていないからだ。

フラグ折りの影響なのか、予定よりも一年くらい早い。そもそも、魔王が復活していないという状況なので、その位の差異《さい》は些細《ささい》なものかもしれないけれど。

それよりも私にとっての大問題は、神子姫の専属護衛がレオンハルト様になったらしいって事だ……！

ゲーム本編とは色々と変わってきてしまったので、その分の狂いが出るだろうなぁとは確かに思っていた。

召喚の儀式の日取りが決まっても、クラウスが私の護衛を外れないのも、地味に不思議だったよ。

神子姫が召喚されてからじゃ、遅いだろうし。

だからってまさか、レオンハルト様が護衛だなんて思いもしなかった。

でも、改めて考えてみると、仕方ないのかもしれない。

神子姫は我が国にとって重要な人であり、よその世界からお預かりしている大切なお客様だ。しかも私達の身勝手な理由を押し付けて、協力してもらっている立場だし。

それにラプターが魔王復活を望んでいるのなら、神子姫は命を狙われる可能性が高い。

実力者であるレオンハルト様が彼女の護衛になるのは、妥当《だとう》な判断だと思う。

ゲームの中でクラウスが護衛だったのは、たぶん国の情勢《じょうせい》が落ち着いていなかったからなんだろうな。

魔王が復活している上に戦争中である状況下で、指揮官であるレオンハルト様を抜けさせる訳にはいかないし。

「…………」

ふぅ、と溜息が洩れた。

頭では理解出来ても、気持ちは別だ。どうしても、落ち込んでしまう。

だって神子姫、すごく可愛いんだよ。

外見も可愛いけど、中身はもっと可愛いの。

天然でちょっとドジだけど、明るくて頑張り屋さん。

そんな可愛い女の子が、好きな人の傍にいると知って冷静でいられるほど、私は強くなれない。

レオンハルト様は攻略対象ではないのが、唯一の救いだ。

「……マリー様？」

「……え？」

ぼんやりと物思いに耽っていた私は、誰かに呼ばれて我に返った。

「如何されましたか？」

私を気遣う言葉をかけてくれたのは、ゲオルクだった。

「お顔の色が優《すぐ》れないようですね。少しお休みになった方が宜しいのでは？」

そしてゲオルクの隣に座る紳士……ユリウス様も、同様に私の心配をしてくれている。

「大丈夫です。少しぼんやりしてしまって……ごめんなさい」

私は笑顔で頭を振った。

いけない、いけない。

ゲオルクとユリウス様は、外出禁止期間が長引いている私の気晴らしの為に、こうして訪ねてきてくださったんだろうに。

当の本人である私が、いつまでもうじうじと塞ぎ込んでいたら駄目だよね。

「こちらこそ、押しかけてしまって申し訳ありません。久しぶりに貴方にお会いしたかったのですが、無理をさせてしまってはいけませんね」

「無理なんてしていません。最近は室内に閉じこもってばかりだったので、訪ねてきてくださって嬉しいです」

今にも帰ってしまいそうなユリウス様を、慌てて止める。

久しぶりに二人の顔を見られたのも嬉しいし、城の庭にあるガゼボでも、外でゆっくり出来るのは本当に有り難い。

いくら安全の為とはいえ、室内に閉じこもってばかりでは気が滅入《めい》る。

本心からそう言えば、ユリウス様とゲオルクは心配そうな面持ちではあったが、一応は納得してくれたようだ。

「少しでも具合が悪いようでしたら、すぐにおっしゃってください」

「はい」

ゲオルクの念押しに、笑って頷く。

可憐な少女のようだったゲオルクは、すっかり精悍《せいかん》な青年へと成長した。すっと綺麗な線を描く眉の下、長い睫毛に飾られた菫色の瞳は理知《りち》的な光を宿す。母親であるエマさんに似た顔立ちではあるものの、昔はふっくらとしていた頬は削《そ》げ、中性的な雰囲気は消えた。今の彼は、貴族の令嬢達が夢見るような、完璧な美貌の貴公子だ。

それでも、心配性なのは相変わらずなんだなと思うと微笑ましくなる。

すっかり健康体になったエマさんも、たまに朝寝坊するだけで、具合が悪いんじゃないかと心配されると手紙に書いてあった。マザコンというより、母親思いの素敵な息子さんだと思う。

「無聊《ぶりょう》の慰《なぐさ》めになるかは分かりませんが、珍しい本を何冊かお持ちしました。後でお手元に届くはずです」

ユリウス様は、何年経っても変わらない美貌を優しく緩める。

もう三十歳を超えたはずなのに、いつまでも若々しい。笑うと更に幼くなって、二十代前半くらいにしか見えない。

でも年相応の落ち着きと威厳《いげん》はあるのだから、凄いなって思う。

「ありがとうございます。ユリウス様の持ってきてくださる本は興味深いものばかりだから、とても楽しみです」

「私は、貴方様のお話の方がずっと興味深いと思いますよ」

「私の話、ですか？」

心当たりがなくて首を傾げるが、ユリウス様は目を輝かせて頷く。

「はい。なんでも、この国に大型の医療施設が出来ると聞いたのですが」

「！」

「その構想は、貴方様の案を元にされたと噂になっております」

吹き出しそうになったのを、ギリギリで堪えた。

大学病院建設のプロジェクトが動き始めているのは知っていたけれど、とっくに私の手を離れている。

案を出したって言っても、ザックリとした理想を語っただけ。たたき台とも呼べないような代物なのに。

というか、噂になっているって言ったよね。

父様が関係していて、情報が簡単に洩れるとは思えない。つまり、意図的に流した。もしくは噂になっても構わないと思われているって事だ。

父様の偉そうな顔が思い浮かぶ。

『お前が持ってきた案件なのだから、最後まで責任をとれ』という、幻聴まで聞こえた気がした。

なんだろう……私が自意識過剰なのか、被害妄想が強いのか。

どちらにせよ、私のメンタルと胃に宜しくないので、深くは考えないようにしよう。

「その医療施設には学び舎も併設されると聞いて驚きました。想像の範疇を超える計画ですので、最初はほとんどの人間が懐疑《かいぎ》的でしたが、国が動き出しているのを知って、今では皆、出来上がるのを心待ちにしているようです」

かく言う私もですが、と付け加えて、ユリウス様は笑った。

「医療従事者だけでなく、商人や学者など色んな分野の人間が興味津々で見守っておりますよ。ネーベル王国全体が活気《かっき》づいているのを肌で感じます」

なるほど。病院を建てるとしたら、医師や薬師《くすし》だけでなく、色んな方面が関わってくるもんね。

そこまで考えての提案ではなかったけど、良い方向に作用しているのなら喜ばしい。

「貴方様はやはり、素晴らしい慧眼《けいがん》をお持ちですね」

そんな事はないと慌てて頭を振るが、「ご謙遜を」と笑って流されてしまう。

違うんだ。本当に、なにもしていないんです。

ふわっとした案をぶん投げただけで誉められても、嬉しいというより逆に居た堪れない。

「私はなにもしておりません。実現しようと動いてくださっている皆様のお力です」

冷や汗をかきながら否定すると、ゲオルクは眩しそうに私を見つめながら微笑んだ。

「……マリー様は、変わりませんね」

絶対に、謙虚だと思われてる。

違うのに！　本当に私の功績じゃないのにー!!

「その医療施設には貴方様のお名前が付けられるだろうと、市井では噂になっているようですよ」

ユリウス様の言葉に、私は笑顔のまま昏倒《こんとう》しそうだ。

父様に直談判してでも、それだけは阻止しなきゃと心に決めた。

病院や薬の話をしているうちに、城にある温室の話題になった。

ユリウス様は興味がある様子だったので、案内する流れとなり、今は皆で温室に向かっている最中だ。

「王城の温室に入れるなど、夢のようです」

ユリウス様はうっとりと目を細める。

珍しいものが大好きな彼らしい反応に、私は苦笑した。

「ご期待に沿えるかは分かりませんが、私の好きな場所の一つなので、気に入ってくださったら嬉しいです」

「マリー様のお気に入りの場所に案内していただけるなんて、とても光栄ですよ」

機嫌良さげな美男子は、眩いばかりの笑顔を振りまいている。

廊下の端に控えて道を譲ってくれているメイドさん達が、恋に落ちてしまうから気をつけてほしい。慌てて顔を伏せたメイドさん達は、耳まで真っ赤だ。

ごめんよ……。この罪作りな人は、さっさと温室に片付けるから、お仕事頑張ってくださいね。

「……叔父上《おじうえ》」

にこにこと笑うユリウス様とは対象的に、ゲオルクは渋面を作っていた。

なにがそんなに腹立たしいのか、眉間には深くシワが刻まれている。

「子供ではないのですから、少しは落ち着いてください」

冷たく言い放つゲオルクは、ユリウス様とは違った魅力がある。華やかな美貌と相反する冷えた眼差しに、別のメイドさん達が撃ち抜かれたようだ。

優しげな紳士も、クールな貴公子も、どちらも需要あるよね。うん、分かる。

私は男前な騎士一択だけどな。

「棘《とげ》のある言い方だなぁ。もしかして、ヤキモチかい？」

「なっ⁉」

不機嫌そうに噛み付いていたゲオルクだったが、ユリウス様の切り返しに目を見開く。一拍遅れで、肌がサッと赤く色付いた。

美青年の赤面も需要が高いと思う。

ただ残念なのは、既にさっきのメイドさん達から距離が離れており、ゲオルクの赤面を見られたのは私とユリウス様、それから護衛のクラウスだけって事だ。

「おや、図星だ」

「馬鹿馬鹿しい……！」

「君も思っている事を、素直に口に出せばいい」

ユリウス様は面白がるように甥《おい》っ子の頭を撫でる。

ゲオルクはその手を、煩わしそうに叩き落とした。

微笑ましいやり取りを、私は微苦笑して見守っている。隣のクラウスも同様に笑って……いや、ないな。なんだ、その虚無顔《きょむがお》。チベットスナギツネだって、もうちょっと愛想《あいそ》いいと思うよ。

「……あの、マリー様っ！」

「……えっ、あ、はい？」

クラウスに気を取られていた私は、自分が呼ばれていると暫く気付かなかった。

我に返ってから、ゲオルクを見上げる。

白皙の美貌が、うっすらと上気した。

「僕も、その……案内していただけて嬉しいです」

恥じらうようにゲオルクが目を伏せると、長い睫毛が揺れる。

女子である私よりも色気があるってどういう事？

というか、言葉の意味がよく分からないんですけど。

「確かゲオルク様は、温室をご覧になった事がありましたよね？」

以前に城へ来た時、ルッツとテオが温室を案内したような。

軽く首を傾げて問うと、ゲオルクは唖然とした顔になった。

「いえ、そうではなく……いや、確かに案内はしてもらったのですが」

あ、しまった。

社交辞令に深く突っ込んでは駄目だったか。

改まって言うから、深い意味でもあったのかと思っちゃったけど、ユリウス様のいう「光栄です」と同じ意味合いだったのね。

どうしようかと視線をユリウス様へと向けると、慌てるゲオルクの背後で腹を抱えて笑っている。

あれ、なんか昔もこんな光景を見たような。デジャヴュ？

「相変わらず締まらないなぁ、うちの甥っ子は」

「……余計なお世話です」

呆れ混じりのユリウス様の言葉に、ゲオルクはそっぽを向く。

「一番大事な部分を省くからそうなるんだよ」

「わ、分かっていますよ！」

一番大事な部分ってなんぞ？

会話に加わろうにも、要《かなめ》の部分を理解していないので難しい。

手持ち無沙汰の私は、視線を二人から外す。ふと窓の方を向くと、ガラス越しの庭園に人影があるのを見つけた。

「！」

遠目でも分かる長身に、引き締まった体躯《たいく》。近衛の騎士服を格好良く着こなしているその後ろ姿は、見間違えるはずもない。

レオンハルト様。

心の中で呼ぶだけで、胸が温かくなった。

数週間ぶりに大好きな人の姿を見られて嬉しい。それが遠くからでも、後ろ姿であっても。

気付かれていないのをいい事に、レオンハルト様の姿をじっくりと堪能する。広い背中を眺めているだけで、幸せな気持ちになった。

しかし、その小さな幸せは、次の瞬間には急速に萎《しぼ》んでしまう。

レオンハルト様の隣に、小柄な女性を見つけてしまったから。

柔らかそうなシフォンベージュの髪は、肩口までのミディアムボブ。

長い睫毛に飾られた大きな目は榛《はしばみ》色。色彩が全体的に薄いのか、肌は抜けるように白い。小柄で細身だが、胸はふくよかという羨ましくなるような体型。

乙女ゲームではなく、男性向けの恋愛ゲームのキャラとしても通用しそうな美少女……神子姫ことヒロインが、レオンハルト様の隣にいた。

えっ……可愛い。可愛すぎでは？

神子姫が可愛いのは知っていたつもりだったけど、私の想像を遥かに超える可愛さなんですけど。

神子姫の可憐な姿を見て、私の焦燥感は大きくなる。

あんなに可愛い子が傍にいたら、好きになっちゃわないかな。

キリキリと痛む胃を押さえながら見守っていると、神子姫はレオンハルト様を見上げて、なにかを話しかける。

言葉を交わしているうちに、神子姫は、ふにゃりとはにかむように笑った。

だ、だだだだ駄目、だめえええ！　止《や》めて！

好きになっちゃう！　惚れてまうやろおおおお！

ぽぽぽんとお花が咲きそうな可愛らしい笑顔を見て、私は心の中で悲鳴をあげる。

めちゃくちゃ可愛い子に、めちゃくちゃ可愛く笑いかけられて、心が動かない成人男子がいるだろうか。いてほしい……いてほしいけれども……！

恐る恐る、レオンハルト様の顔を見る。

神子姫に応えるように、レオンハルト様は控えめに笑っていた。

ごく普通の笑顔だというのに、胸が少しだけ痛い。

別の女性に笑いかけないでなんて、馬鹿な事を言うつもりはないのに。勝手に一人で思いつめて、苦しくなってしまう自分が恥ずかしかった。

レオンハルト様の行動を縛る権利なんて、私にある訳ないのに。

分かっていても、願ってしまう。

どうか、私を見て――と。

「……レオン、さま」

口から洩れた呟きはとても小さくて、誰の耳にも届かずに消えた……はずだ。

しかし、視線の先のレオンハルト様は、まるで私の声が聞こえたかのように偶然にも振り返ってくれた。

窓ガラス越しで、しかも距離もあるのに、目が合ったのが分かる。

私を見つけたレオンハルト様の目が軽く瞠られ、次いで、とろりと溶けた。

「……っ！」

いつもは鋭い目を甘く細める。形の良い唇は、「姫君」と言葉を形作ってから弧を描いた。

機嫌が良いなんて言葉では片付けられない。とても嬉しそうに、レオンハルト様は相好《そうごう》を崩した。

狡《ずる》い。

そんな風に笑いかけられたら、勘違いしてしまいそうだ。

私が思う十分の一でも、思いを返してもらえるんじゃないかって、期待してしまう。

レオンハルト様と目が合っていたのは、ほんの十秒足らず。

神子姫に付きそう形ですぐにどこかへ行ってしまったけれど、その後の私は、一日上機嫌だった。

転生王女の提案。

結局、ユリウス様とゲオルクに温室を案内する事は出来なかった。

ゲオルクの具合が悪くなったとユリウス様はおっしゃっていたが、大丈夫だろうか。ゲオルクの顔色は特別悪くはなさそうだったけれど、どこかぼんやりしていて、ユリウス様に誘導されるように帰っていった。

体調が悪い事に気付かずに、連れ回してしまって申し訳なかったな……。

クラウスは何故か訳知り顔で、気にする必要はないと言い切っていたけれど、そういう訳にもいくまい。

後でお詫びとお見舞いの手紙を書こうと決めつつ、私は目的地に向かった。


「くだらんな」

訪れたのは、父様の私室。

読んでいた書類から視線を外しもせずに、父様は私の願いをバッサリと切り捨てる。

「施設の名前など、どうだっていい」

長い指が紙を捲《めく》る。僅かな風が起こり、頬杖をついた父様の前髪を微かに揺らす。

眠たげに目を細めた父様は、吐息を零すように言葉をおざなりに投げつけて寄越した。

「……どうでもいいのでしたら、変えてくださってても宜しいのでは？」

引き攣りそうになる口角をあげ、笑顔を作る。

会話として成り立っているのかは微妙だが、私達の話の主軸は、ユリウス様達から聞いた話……つまり、建設予定の大学病院に私の名前がつくかもしれないという例のアレだ。

てっきり、馬鹿馬鹿しいと一蹴されると思っていた。

何故お前の名前など後世に残さねばならん、自惚《うぬぼ》れるなと吐き捨てられるのだろうと。

しかし私の予想を裏切り、父様は案自体は否定しなかった。

父様は書類に最後まで目を通したのか、傍らに置いてあった羽根ペンを取り、サラサラとサインをした。癖のない文字で書き終えたものを横に退け、別の紙束を手に取る。夜も更けてきたというのに、仕事熱心な事だ。

「どうでもいいからといって、何故、お前の意見を聞いてもらえると思うのか」

「理解に苦しむ」と鼻で笑われ、ブチギレそうになった。

確かに、その通りなんだけど！　『拘りはない』と『私の意見が通る』はイコールではないんだけどね⁉

それでも面と向かって言われると、ムカつくものはムカつくのだ。

しかし、ここで言い返しても倍返しされるだけ。

黙って続く言葉を待っていると、暫し、室内に沈黙が流れた。

ペラペラと一定のリズムで紙の擦れる音が響く。

サインした紙を処理済みの紙束の上に軽くほうる。

羽根ペンを置いた父様は、ソファーの背凭れに身を沈め、息を吐き出した。無機質な薄青の瞳が、私を捉える。

「お前の名前がつこうと、宰相《さいしょう》の孫娘が飼う猫の名前がつこうと、私にとってはどうでもいい事だ。しかし民にとっては、そうではない」

「……民が望んでいると？」

「そうだ」

半信半疑で呟いた言葉は、端的に肯定された。

「民はお前を神聖視し始めている。王族の一員らしく、象徴としての義務は果たせ」

「し、しんせいし……」

呆気にとられた私が「実物からかけ離れている」と独り言を呟くと、父様は呆れ顔になった。

「どんなに現実と乖離《かいり》していようとも、噂は広まればそちらが真実となる。自国でも他国でも病の蔓延を防いだという実績がある上に、あちこちに散らばっているお前の信奉者《しんぽうしゃ》達が良い噂ばかりを撒くのだから当然の結果だ」

神聖視とか信奉者とか、聞き慣れない言葉が多すぎて目眩《めまい》がする。なんだか頭も痛くなってきた。

実物の私を置いてけぼりにして、虚像だけが独り歩きしている。

「お前が連れてきた薬師達もそれを望んでいる。お前のちっぽけな拘りや羞恥心《しゅうちしん》と、彼等の望みを秤《はかり》にかけてみろ」

「…………」

「それでも譲れないと申すのなら、考えてやってもいいぞ」

長い足を組み、尊大に言い放つ父様に、私は何も言い返せなかった。

悔しいが完敗だ。

クーア族の皆が望んでいると聞いて、これ以上何を言えというのか。母国から遠く離れた国まで、私を信じてついてきてくれた皆の願いと、私の羞恥心なんて比べるまでもない。

そもそも病院の名前の由来なんて、大抵の人は気にしないだろう。
一、二年後には、いい感じに植物の名前だって事になっている。うん、そう信じよう。
小さく頷くと、私が納得したと理解したらしい。

父様はふん、と鼻を鳴らした。

「わざわざ部屋を訪れての用件が、それとはな」

「私にとっては大事な事なので」

「別件を想像していた」

「別件とは？」

父様の言葉に首を傾げる。

「客人の護衛について、不満があるのではないか？」

客人とは、神子姫の事だろう。つまり、レオンハルト様を護衛につけた事に不服はないかと。

「お客様は我が国にとって重要な方ですし、レオンハルト様はとても優秀な方。適切な判断だと思います」

ソファーの肘掛けに頬杖をついた父様は無言で、じっくりと私の顔を眺める。

見透かすような透明度の高い色の瞳に、私は苦い笑みを浮かべた。

「私個人の感情を抜きにして、のお話ですが」

正直に心情を吐露《とろ》すると、父様は「そうか」と短く呟く。

そして呆れたみたいに、目を細めた。

「お前達はどうにも、遠回りが好きなようだな」

「……？」

言葉の意図するところが掴めない。

疑問顔の私を見やり、父様は口を開く。

「確かに客人の護衛を任せたのは、適していると判断したからだ。だが、それ以前にアレが望んだ事でもある」

「え……」

酷く頼りない声が出た。

混乱する頭で、なんとか父様の言葉を理解しようとする。

神子姫の護衛は、レオンハルト様が志願したって事？

地位や名誉に拘る人ではない。つまり、神子姫を守りたいと、レオンハルト様自身が思ったの
……？

「その辛気臭い顔を止《や》めろ。お前が何を考えているのかは大体予想がつくが、そうではない」

泣きそうな気持ちが、たぶん顔に出ていたんだろう。

かなり情けない顔をしているであろう私に、父様は嘆息した。

「アレには、どうしてもほしいものがある。そして、それを得る為の許可を請願《せいがん》してきた」

話が予想していなかった方向へと逸れて、私は目を丸くする。

「どんな無理難題であっても熟《こな》すというから、ラプターとの和平でももぎ取ってこさせようかとも思ったが。残念ながら、我が国としてもあの男を失う訳にはいかない。妥協案として、客人を国にお帰しするまで、無事に守れと申し付けた」

それだけの事だと、父様は告げた。

レオンハルト様に、そこまでしてほしいものがあるというのは意外だ。

父様に請願するって事は、国宝級って事？　レオンハルト様がほしがるっていうと、剣とかかな？　でも、そういう物欲があるようにも思えないんだけど。

それに、得る為の許可ってなに？

もの自体を父様から譲り受けるのではなく？

全然分からないけれど、私にも何かお手伝い出来ればいいのにな。

私がプレゼント出来るものなら、良かったのに。

「傍から見たら茶番でしかないというのに、お前達はどこまでも本気なのだな」

父様は疲れたように呟き、目を伏せた。

或る薬師の奮闘。

両手いっぱいの荷物を抱え直し、隣を見る。

「リリー、大丈夫？」

「はい、ヴォルフ様」

山積みの書類を両手で抱えたリリーは、笑顔で頷く。細い腕のどこにそんな力があるのかと不思議に思うが、危なげは全くない。

山奥の暮らしで体幹《たいかん》が鍛えられたのだろう。颯爽《さっそう》と歩く姿はブレがなく、美しい。

「これを運び終わったら、一旦休憩にしましょうか」

「私なら、まだ疲れていませんよ？」

なんとも頼もしい返事に、オレは苦笑いを浮かべる。

うちの一族の子供達は働き者揃いだ。村にいた時からそうだったが、あの頃は生きる為に必要だったからだ。今は違う。目標に向かって生き生きと働く姿は、なんと眩しい事か。

目を輝かせる子供達を見ているだけで、こちらも元気になってくる。だが、少しばかり困ってもいた。

いつでも全力疾走している子供達に、肩の力を抜く事を覚えさせるのが当面の目標だ。

「マリーから貰った焼き菓子があるのよ。食べたくない？」

「！　頂きます！」

片目を瞑って提案すると、リリーは即座に食いついてきた。

マリーの名前は効果覿面《てきめん》である。

残念ながらマリーの手作りではない事は黙っておこう。一口食べればおそらく気付かれてしまうけれど、休憩をとらせてしまえばこっちのものだ。

目的の部屋の前に辿り着くと、抱えていた荷物の重心を左側に移し、右手でドアノブを握る。器用に押し開けると、中から賑《にぎ》やかな声が聞こえた。

「目上の言う事が聞けんのか⁉　この若造が！」

「なーにが目上だ！　六十超えたら三歳差なんぞ誤差だとほざいていたのはお前だろうが⁉」

またやってんのか。

爺《じじい》同士の大人げない口喧嘩《くちげんか》を目の当たりにして、オレは頭痛を覚える。

少しは片付いているかと期待した室内の惨状《さんじょう》は相変わらず。荷物が所狭しと敷き詰められ、机の上には紙が山積している。その片隅で黙々と筆を走らせているのはロルフだ。村一番の悪ガキは、爺共の口論《こうろん》など聞こえていないかのように、書類仕事に精を出していた。

すぐ横の机に荷物を置くと、ロルフが顔を上げる。

「お疲れ様」

「アンタも頑張っているわね。……こんな煩い部屋で」

喧々囂々《けんけんごうごう》と騒ぎ立てる爺共を一瞥すると、ロルフは筆の頭部分で額をポリポリと掻いた。

「もう慣れた。ちなみに今の争点《そうてん》は、軟膏《なんこう》に混ぜる精油《せいゆ》の種類だったはずなんだけど、途中から女心の掴み方に変わってる」

「クッソどうでもいいわ」

長い溜息と共に吐き捨てる。

我が一族に古くから受け継がれてきた薬の調合法の、基本は一緒だ。しかし、細部は家によって変わるものも多い。ちょっとした手間を省いたり、逆に加えたり。材料の一部を変えてみるなど多《た》岐《き》にわたる。

どの調合法が一番合理的なのかを実験及び議論する為に、現在、資料を纏めている訳だ。

爺《じい》様達が仕分け、その手伝いをするのがロルフという立ち位置の筈なのだが……実際、真面目に仕事をしているのは最年少のロルフだけ。

「細かい事にばっかりこだわりおって！　だから嫁にも愛想を尽かされるんじゃ！」

「いつ儂《わし》が嫁に愛想を尽かされた⁉　今でも相思相愛だわ！　自分が嫁の尻に敷かれているからって、僻《ひが》むでない」

「誰が僻むか！　気が強い女の魅力が分からんとは……これだから尻の青いひよっ子は」

爺の一部が来た途端これだ。全員揃ったらと想像するだけで、ゲンナリする。

薬師としての腕は確かだが、どいつもこいつもクセが強すぎる。医療施設及び学び舎の建設の為、これから多くの人達と協力していかなければならないというのに、今からこんな状態で本当に大丈夫なのか。

「ヴォルフ様、ここに置いて宜しいですか？」

「ああ、ごめんね。お願い」

書類を抱えたままだったリリーの為に荷物を脇に避けて、書類を置く場所を作る。

紙束を置いたリリーは、爺様達に向き直る。

仕様もない口論を続けている爺様達の許へ近づくと、二人はリリーの存在に気付いたようだ。

「じじ様」

「どうした、リリーや？」

「おう、リリー。儂に用かい？」

孫のように可愛がっているリリーの登場に、揃って相好を崩す。

二人に覗き込まれたリリーは、昔は表情が殆ど変わらなかったのが嘘のように綺麗に笑った。

「お仕事は終わったんですか？」

場の空気が一瞬で凍った。

笑顔のまま固まった爺二人につられて、オレも動きを止める。

唯一ロルフだけが、「あーあ」と呆れた声で呟いてから、書類仕事に戻った。紙の山から一束掴んで、目を通し始める。

「まさか、さぼってなんかいませんよね？　私達を信頼してくれたマリー様の気持ちを裏切るような真似を、じじ様達がするはずありませんものね？」

リリーは笑顔のままだが、よく見ると目は笑っていなかった。

底冷えのするような眼差しを受けて、爺様達の顔が青褪める。

「はい……」

モチロンデス、と片言《かたこと》で返す二人に、リリーは満足そうに目を細めた。

「リリー……強くなったわね」

しみじみと独り言めいた言葉を零す。

爺様達の操縦《そうじゅう》は、リリーに任せてもいいかもしれない。

真面目に書類へと向き合い始めた彼らを眺めてから、ロルフへと視線を移す。

折り曲げた指の背で机をコンコンと叩くと、彼は顔を上げた。

「しばらく仕事は爺様達に頑張ってもらうとして。ロルフ、アンタは私達と休憩しましょ」

「オレはいい。区切りがいいところまで終わらせてから、適当に休憩する」

こっちも真面目か。

「根《こん》を詰めすぎると、逆に効率落ちるわよ」

困ったものだと思いつつ窘めると、ロルフは悪ガキの顔で笑う。

「若いから平気」

「それは私に対する嫌味かしら？」

苦笑を返しながら頭を小突く。

すると爺二人は声を出して笑った。

「ヴォルフ坊っちゃんも、儂らから見たら十分ひよっ子ですぞ」

「嬢ちゃんの案を聞いてからの若様は、ロルフやリリーと同じような顔をしとる」

嬢ちゃんの案とは勿論、マリー発案の医療施設の件である。

若者二人に負けないくらいはしゃいでいる自覚はあるので、渋面を作って黙り込む。不愉快だと表情で示そうとしても、おそらく赤くなっているだろう顔では説得力は皆無だろう。

「まぁ、儂らも人の事は言えんがの」

爺共はそう言って、楽しそうに眦を緩めた。

「嬢ちゃんは、本当に凄いお人だよ。医者や薬師を志す人間全ての夢を詰め込んだような理想図を、現実にしちまうんだからな」

「問題は山積みだけどな」

しみじみと言った爺様達に茶々を入れるように、ロルフが口を挟む。

爺様達は皺だらけの顔を更にしわくちゃにして、呵呵《かか》と笑った。

「その問題に取り組む苦労を楽しまない奴は、クーア族にはおらんよ」

だろうな、と心中で同意を示す。

目が回るような忙しい日々が続いていても、誰も弱音を吐かない。それどころか、とても楽しそうに毎日を過ごしている。

誰もが思い描いた理想が、道の先にあると知っているから。

「百年後には、誰もが当たり前に医者に掛かれるような日がきっと来る。弱っていく家族を何も出来ずに見守ってなきゃならんような地獄は、もう終わりだ。誰もが王族みたいに手厚い看病を受けられるし、薬だって近所で安価に買えるようになる。どいつもこいつもしわくちゃの爺婆《じじばば》になるまで生きていられる世界になるさ」

人生の折り返し地点をとっくに過ぎただろう爺様が語るには、あまりにも青臭い話だ。しかし、誰も笑わなかった。

「百年後……頑張れば、生きて見られるでしょうか」

リリーは小さな声で呟く。

冗談ではなく至極真面目に言っているのは、真剣な表情を見れば分かった。

この世界の寿命は、長くとも八十年前後。百歳以上なんて、夢のまた夢。

昔のオレなら、無茶だと笑い飛ばしただろう。でも、今は。

「さぁね。私達の頑張り次第じゃないかしら？」

途方《とほう》も無い夢でも、手を伸ばせば掴めるかもしれない。諦めない限り、可能性はゼロにはならないのだと、生きている限り証明し続けてみせる。そんな意志に燃えていた。

「はい、頑張ります。百年経ってしわくちゃのお婆《ばあ》ちゃんになっても、頑張ってマリー様の素晴らしい功績を語り継いでみせます」

握りこぶしを作り、リリーは宣言する。

リリーは若干ズレた方向へ決意を固めているようだが、それはそれで目標としてアリだろう。

「アイツの名前なら、リリーが語り継がなくても勝手に伝わっていくだろ」

「医療施設にマリーの名前がつくらしいから、それもそうね」

ロルフの言葉に同意を示す。

しかしリリーは、分かっていないと言いたげに頭を振った。

「お名前だけでなく、人柄や功績も伝えたいの。私達の主《あるじ》が如何に素晴らしい人なのかを、沢山の人に自慢したいじゃないですか」

胸を張るリリーに、オレは苦笑する。

知ってもらいたいではなく、自慢したいとは。何とも可愛らしい傲慢さだ。

「なら施設の前に記念碑と像でも建てとけよ」

呆れを隠しもしないロルフの、投げやりな返しにリリーは目を丸くする。

暫し考え込む素振りを見せた後、ポンと手のひらを打った。

「なるほど」

「待ってリリー。嫌な予感しかしないわ」

「像って、おいくらで建てられるんでしょうね？　そうと決まれば貯金始めなきゃ」

「待てリリー、止《や》めてやれ。ブスが泣くぞ」

ロルフとオレが止めるが、リリーは聞いちゃいない。

「自分で作るのもありでしょうか。でも、私には芸術面の才能なんてありませんし、マリー様の美しさの半分も表せる気がしません」

どこかに弟子入り？　といよいよ明後日《あさって》な方へと向かい始めたリリーを止めるべく、オレ達は必死に言葉を尽くした。

オレの大切な御主人様。……止められなかったら、本当にごめん。

転生王女の異変。

その夜は、いつもと変わらぬ平穏な一日の終わりに過ぎなかった。

呑気《のんき》な私は、レオンハルト様にほしいものがあると聞いたせいか、宝物を求めて冒険する夢を見ていた。

輪郭も定まらないぼんやりしたものを掲《かか》げて、これでレオンハルト様にプロポーズ出来る！　と意気揚々としていた辺りで、目が覚めた。我ながら阿呆過ぎる。

唐突に意識が浮かびあがり、微睡《まどろ》みから現《うつつ》へと引き上げられた。

一旦眠ると、大体が朝まで起きない私には珍しい事だ。しかも、眠気は一瞬で過ぎ去り、しっかり覚醒してしまっている。

見慣れた天井をぼんやりと眺めていた私は、首を巡らせて室内を見回す。カーテンの隙間から見える外は、まだ真っ暗だ。曇り空なのか新月なのか、差し込む月明かりはない。それでも暗闇に慣れた目には、室内の様子はちゃんと映った。

薄暗い部屋の中、小さなシルエットが目に留まる。

「……ネロ？」

丸くなって眠っているだろうと思っていた愛猫は、寝床であるラタンのカゴから体を起こしていた。

ピンと立った形の良い耳は、私の呼びかけが聞こえていないかのように動かない。丸く開いた瞳《どう》孔《こう》で、扉の方角をじっと見つめている。

猫が何もない方向を見つめるのは、よくある事だと思う。

それなのに何故か、言いしれぬ不安がこみ上げてくる。

薄手のショールを軽く羽織って、ベッドから体を起こした。

ネロの方に身を寄せ、覗き込む。

「どうしたの、ネロ。……なにか、いるの？」

不安が声に表れて、自分のものとは思えないほどに頼りなげに響いた。

いつもは感情豊かな愛猫は彫像の如く微塵も動かず、返事もない。耳鳴りがするような静寂が暫し続いた。

どれくらい、そうしていただろう。

ネロの耳が、ピクリと動く。それからほぼ間を空けずに、城内に大きな音が響いた。

ガラスが割れるような尖った音が、鼓膜に突き刺さる。次いで響いたのは、甲高い女性の悲鳴。

反射的にネロを抱き込んで、私は音の方角を凝視した。

騒々しい足音に混ざって人の声も聞こえるが、音が遠くて内容までは聞き取れない。いつかの夜を再現したような喧騒《けんそう》に、私の心臓は全力疾走した後みたいに激しく鼓動を刻んでいる。

命を狙われていると、知っていたはずだった。

教えてもらった当初は、怖くて仕方がなかったけれど、あんまりにも平和な時間が続いたから気が緩んでいたんだと思う。

唐突に訪れた非日常は、私の精神を揺さぶるのに十分だった。

不意に、控えめに扉が鳴る。

私はビクリと身を竦ませた。

返事をすると、部屋の警護を担当してくれている騎士が申し訳無さそうに、部屋の外から私の状況を確認する。

「お休みのところ申し訳ありません。御身《おんみ》にお変わりはございませんか？」

「問題ありません。それよりも外が騒がしいようですが、何事でしょうか」

扉越しに無事を伝えると、安堵した様子だった。いくら緊急事態とはいえ、年頃の王女の部屋に無断で入るのは躊躇われたのだろう。

「もう少しで殿下の護衛騎士が駆け付けると思われますので、ここを任せてから私が確認して参ります」

短い休息時間を奪ってしまうのは申し訳ないが、クラウスが来てくれたら心強い。

レオンハルト様も現場に駆け付けているだろうし、ラーテやカラス達もきっと、守ってくれる。

だから大丈夫だと己に言い聞かせると、体の震えが少しだけ治まった。

それにしても、一体何が起こっているんだろう。

ラプター王国の襲撃だろうか。だとしたら、こんなに派手にやらかすなんて何を考えているの？

魔王の復活を望むなら、神子姫が召喚されてしまった今、一刻の猶予もないのは分かるけど。それにしても、やり方があまりにも雑過ぎる。

何人が城内に入ったのか分からないけど、侵入者を取り逃がすほど、我が国の騎士団は甘くない。

捕らえられてしまったら目的は果たせないのだから、隠密《おんみつ》行動は鉄則だろうに。

それとも忍び込んだのを発見されて、騒動になっているんだろうか。

考え事をしているうちに、自然と手に力が込もってしまっていたらしい。

力加減に抗議するみたいにネロは高い声で鳴き、私の腕を蹴って跳んだ。

「ひょわっ⁉」

よろめいた私は、情けない悲鳴をあげる。

ストンと華麗に着地をきめた愛猫とは反対に、体勢を崩して転びかけた私は、慌てて扉に手をついた。

「殿下⁉　失礼致します！」

室内で私が暴れた音に驚いた騎士は、一言断りを入れてから扉を開ける。非常事態だと判断した彼が作った僅かな隙間から、ネロはするりと外に出てしまった。

「ネロ、駄目っ！」

扉の陰から半分だけ体を出して、愛猫に手を伸ばす。

掌を上に向けて「おいで」と差し出すが、ネロは廊下の先を見つめたまま動かない。

「私が捕まえますので、どうか殿下はお部屋の中へ」

騎士はそう言うと、ネロへと近づいていく。気が急いているのか足音も荒く、今まで反応を示さなかったネロも警戒するように振り返った。

あまり人見知りしないネロだけど、それでも猫は猫だ。急に距離を詰められたら怯えるのは当たり前。

騎士の手から逃れようと、ネロは駆け出した。

「ネロッ！」

私の声に、ネロはようやく反応する。

廊下の曲がり角近くで止まり、私の方を見た。

「そっちは危ないの。戻ってきて」

必死に訴えながら、しゃがんで両手を広げる。

綺麗な三角形の耳を揺らしたネロは、じっと私を見る。宝石のような青い瞳に私を映し、暫く動きを止めていたネロを、もう一度呼んだ。

「お願い。おいで、ネロ」

懸命な訴えが届いたのか、ネロはゆっくりと戻ってきた。

騎士の傍を通らないように端に避けつつ、私の手元へとやってきたネロは、広げた掌に頭を擦り寄せた。

ホッと安堵の息を洩らしながら、ネロを抱えあげる。

申し訳ありませんと恐縮して頭を下げる騎士に、首を振った。

こうして無事に戻ってきてくれたんだから、それでいい。

腕の中で大人しくしているネロに頬擦りをしてから、私は部屋へと戻ろうとした。

「ローゼマリー様っ！　ご無事でいらっしゃいますか⁉」

「クラウス」

駆け付けたクラウスは、相当慌ててきたのだろう。

いつもの騎士服ではなく、白いシャツとズボンだけという軽装だった。騎士服の上衣《うわぎ》を脇に抱え、帯刀する為のベルトを付ける手間も惜しんだのか、鞘付きの剣を左手に持っている。シャツは縒《よ》れて、髪はボサボサ。いつも爽やかなクラウスにしては、珍しい姿だ。

肩で息をしている彼は、私の姿を確認して、安堵の息を洩らした。

「良かった……。ご無事ですね」

「ええ、私は大丈夫よ」

安心したクラウスは、遅れて自分の惨状に気づいたのか、「お見苦しいものを」と少し恥ずかしそうな顔をする。

乱れた髪を手櫛《てぐし》で直すクラウスを見ていた私は、彼にも一応羞恥心ってものがあるんだなと失礼な感想を抱いた。

部屋を警護してくれていた騎士は、宣言通りクラウスと交代し、城の奥へと向かう。

それを見送ってからクラウスに視線を戻した。

「……何が起こっているのかしら？」

騎士服を羽織り、詰め襟部分の留め金を嵌《は》めていたクラウスは、難しい顔になる。

騎士団にとっても、想定外の事態だったのか。それとも、私には教えられないのか。厳しい表情で黙り込んだクラウスに、私もそれ以上の追及は出来なかった。

「分かりません」

これは大人しく部屋で待機する他ないだろうと考え、部屋に戻る旨《むね》を伝えようと顔をあげる。

ふいに、クラウスの纏う空気が変わった。

音を察知した獣のように、姿勢を低くしたクラウスは剣の柄に手をかける。鋭い目が睨むのは、廊下の先。

何事かと目を瞬かせる私の耳に、数秒遅れで足音が届いた。

バタバタと忙しない足音が、こちらへと近づいてくる。

クラウスは、私を背に庇うように前に出た。

やがて見えてきたのは、小柄な影が二つ。手を取り合って走っているのは、どちらも女性に見える。

城では珍しい長さの髪に、その女性が侍女に手を引かれた神子姫だと、すぐに気付いた。

やっぱり侵入者の狙いは、神子姫だったのか。

逃げてきたらしい彼女の傍には、追手らしき影はないが、レオンハルト様の姿もない。

安全な場所へ逃がすにしても、付添《つきそい》が侍女だけというのはあまりに頼りない。

もしかして、レオンハルト様が到着する前に、闇雲《やみくも》に逃げ出してしまったのだろうか。

とにかく、保護しなきゃ。

「こちらへ！」

クラウスと私の存在に気付いた神子姫へ向けて、手を差し伸べた。

「えっ、あ、あの」

「いいから、話は後で！」

侍女は私の正体に気付いたらしく、入るのを躊躇っていたが、そんな場合ではない。半《なか》ば強引に部屋に押し込んでから、クラウスを振り返る。

「クラウス。外の警戒をお願い」

「お任せを」

凛々しい顔で了承してくれたクラウスに頷き、部屋の中に戻ろうとして足を止める。

「あ。それから、レオンハルト様に連絡を取りたいのだけれど。彼女がここにいる事を知らせてほしいの。もしかしたら、捜しているかもしれないわ」

「かしこまりました。通りかかった者に伝言を頼んでおきます」

有事のクラウスの、なんと頼もしい事か。

打てば響く彼の声に、不安の塊が少しだけ小さくなった気がした。

「ありがとう。頼みます」

表情を緩めて付け加えると、クラウスは目を見開く。次いで嬉しそうに目を細めた彼の頬が、赤く色付いた。

「お任せください」と恭しく頭を垂れたクラウスに後は任せ、私も部屋の中へと引っ込んだ。

さて、と一息ついてから神子姫達へと視線を向ける。

彼女達はソファーの後ろ辺りで棒立ちしていた。座る事もせず、広い部屋の中で頼れる者は互いだけとでも言うように、寄り添っている。

あまり刺激しない方がいいだろうと思いつつも、このまま放っておく訳にもいかないし。どうしたものかと悩む私の腕から、ネロはするりと抜け出す。

足元に下りたネロは、私を見上げて一声鳴いた。

「ねこ……？」

掠れた声で呟いて、神子姫は顔を上げる。

小作りな顔は可哀想なくらいに青褪めて、大きな目は涙で潤んでいた。細い肩は震えて、ふっくらとした唇の血色も悪い。

酷く怯えている彼女を警戒させないように、私はなるべく柔らかく微笑む。

「猫は好き？」

唐突な質問に、神子姫は戸惑ったように視線を彷徨わせる。

そして数秒迷った後、小さく頷いた。

「私も大好き。この子は私の飼い猫で、ネロというの」

私の足元をぐるりと回るネロに視線を落とし、言葉を続ける。

「良かったら、仲良くしてあげて」

じっとネロを見つめていた神子姫は、滲んでいた涙を拭う。ずび、と洟《はな》を啜る音がした。

彼女はその場にしゃがんで、ネロに手を伸ばす。

「ねこちゃ……、ネロちゃん？　おいで」

ネロはピクリと耳を動かしてから、私を見た。視線で問うように見えたのは、飼い主の欲目だろうか。一つ頷くと、ネロは神子姫に近付いた。

神子姫の掌に、頭をそっと擦り付ける。

ふわふわ、と呟いてからネロを抱き上げた神子姫は、ネロの毛並みに顔を埋めた。

初対面の相手に抱き上げられて、抵抗一つしないネロはとってもお利口さんだ。空気が読めるというのだろうか。私よりもよっぽど頭が良いと思う。

暫しネロの毛並みを堪能していた神子姫は、アニマルセラピーの効果か、少し落ち着いたらしい。大きな目が、様子を窺うみたいに私を映した。

「あ、あの……貴方は……？」

「ふ、フヅキさまっ」

慌てて神子姫を止めようとする侍女を、目で制す。

公式の場ではなく、且《か》つ神子姫はこの国の住人ではない。幸い、周りの目もない事だし、先に王族に名乗らせるなどとんでもないと、騒ぎ立てる必要もないだろう。

「第一王女、ローゼマリーと申します」

「へ……？」

神子姫の可愛らしい唇から、可愛らしい声が洩れた。

「え、おうじょ……？　リアルなお姫様？　確かに、キラキラしてて、すごくきれい……」

真ん丸な目で私を見つめ、動きを止める神子姫は小動物みたいで可愛い。

長い睫毛がパチパチと瞬き、榛色の瞳がうっとりと細められる。

「絵本の中から抜け出したみたいに、本当に綺麗……、……じゃなかった！　すみません！　私、王女様にすごく失礼な事してますね⁉」

夢見心地で呟いた神子姫は、途中で我に返る。

慌てふためく神子姫の腕から、驚いたネロは逃げ出す。その拍子に、彼女が首から下げた小さな布袋がぶらんと揺れた。

揺れ方からして、ある程度重さのある何かが入っているようだ。

「あっ、ネロちゃん！　じゃなくて、王女様、本当にごめんなさいっ。私、文月《ふづき》花音と申します」

文月花音。確か、ヒロインのデフォルトネームだ。

容姿や性格だけでなく、名前まで可愛いんだなぁって思っていた記憶がある。私の大好きな名曲と同じ名前。華やかで明るい彼女にぴったり。

「大丈夫よ。謝らなくていいから、落ち着いて。ね？」

ペコペコと頭を下げる神子姫を宥める為に、優しく声をかける。

恐縮する彼女をどうにかソファーに座らせた。侍女にも勧めたが、青い顔で固辞されたので、無理強いはしなかった。

「何があったのか、分かる範囲で教えてもらってもいい？」

「はい。……といっても、分かる事は殆どないです。部屋で寝ていたら、突然凄い音がして、知らない人が部屋の中に立っていたんです」

凄い音というのは、私にも聞こえたガラスが割れる音だろうか。

知らない人がいたっていう事は、窓から侵入したのかもしれない。

「布みたいなのを被っていたから、顔とか分からないんですけど、三人くらい。大柄だったから、たぶん男の人です。私に剣を突きつけてきて……」

その時の事を思い出したのか、神子姫の体が震える。青褪めた彼女は、寒さに耐えるみたいに自分の体を両手で抱きしめた。

一人がけソファーに座っていた私は彼女の隣へと移動し、そっと肩に手を置く。

平和な日本で生きていた神子姫にとって、剣を突きつけられるという体験はかなり衝撃的だっただろう。怖くて当然、怯えて当たり前だ。

「思い出させてごめんなさい」

私が謝ると、神子姫は頭を振った。「大丈夫です」と困り顔で笑う彼女の目尻には涙が浮かんでいる。目元も赤く染まっていて、痛々しく見えた。

「無我夢中だったから、あんまり覚えてないんです。悲鳴をあげたら、護衛の人と彼女が駆け付けてくれて……」

『彼女』の部分で侍女の方を見る。

「それから、彼女に手を引かれるままに逃げてきました。自分の事で精一杯で、護衛の人がどうなったかも分からなくて。すみません、わたし……」

「教えてくれて、ありがとう。我が国の騎士達はとても強いから、きっと大丈夫」

安心させようと笑いかけると、神子姫の体から少しだけ力が抜ける。

「貴方も怖かったでしょうに、とても立派でしたね」

侍女に言葉をかけると、彼女はビクリと肩を竦めた。

酷く青褪めていて、今にも倒れそうだ。俯いてしまったので、どんな顔をしているのか分からなくなってしまった。

どうしたんだろう。私が王女だから、恐縮してしまっているんだろうか。

「私、これからどうしたら……」

「レオンハルト様……えっと、近衛騎士団長には会えていないのね？」

神子姫は、私の問いに頷く。

逃げたのがレオンハルト様の指示なら、落ち着くまでここに留まってもらった方がいいと思った。

でも違うなら、合流して指示を仰いだ方がいいだろう。

「団長さん、捜してるかな……？」

ぽつりと呟いた神子姫は、扉の方へと視線を向けた。

「私の護衛に、彼への伝言を託してあるの。落ち着いたらきっと迎えに来てくれるわ」

迎えに来てくれると、自分で言っておいて胸がチクリと痛む。

私のバカ。レオンハルト様のお迎えが羨ましいなんて、そんな場合じゃないでしょう。

ちょこっと顔を出したネガティブな感情に蓋をして、神子姫を安心させる方に集中する事にした。

「すぐに来てくれますよね？　団長さんは凄く強いって聞いたし、大丈夫ですよね？」

レオンハルト様への信頼と憧憬が込められた眼差しに、ズキズキと主張する胸の痛みを無視して頷く。

すると神子姫は、へにゃりと緩んだ顔で笑って、息を吐き出した。

そうですよね、と繰り返す声も表情も、何もかもが可愛い。庇護欲を掻き立てられる愛らしさに、勝手に敗北感を覚える。

彼女の十分の一……百分の一でも、この可愛さがあったら。

怖い場面で怖いと泣ける素直さがあったなら。

醜《みにく》い感情を振り払う為に、頭を振る。

気持ちを切り替えようと、顔をあげる。もう一度、侍女に話しかけた。

「もうすぐ解決するでしょうから、貴方も少し休んだ方が……」

「ひっ……！」

何故か私達に背中を向けていた侍女は、私の声に驚き息を呑む。

弾かれたように振り返るのと同時に、黒い影が侍女に向かって飛びかかった。

「痛っ⁉」

侍女の手に噛み付いたのは、ネロだった。

そして彼女の手が持つ何かが、鈍く光を弾く。それが細身のダガーだと理解するのと、侍女に振り払われたネロが、壁に叩きつけられるのは殆ど同時だった。

「ネロッ‼」

短い悲鳴をあげて、ネロは動かなくなる。

ぐったりとした体を見て、喉の奥から悲鳴がせり上がってきた。

「な、なに？　どうしてっ」

「フヅキ様、申し訳ありません……‼」

侍女はダガーを両手でしっかり握ったまま、神子姫に向かってくる。

逃げようとした神子姫は足が縺《もつ》れたのか、その場に倒れ込む。

頭の中に沢山の疑問が浮かぶ。

どうして、ネーベル王国の侍女が。なんで神子姫を狙うの。もしかして、部屋から連れ出したのも罠なのか。侵入者は陽動で、こちらが本命？

不規則に浮かんでくる疑問は、一つも口から出る事はなく。

代わりに飛び出したのは、悲鳴じみた叫びだった。

「駄目っ！」

理屈も理由も知った事か。

ごちゃごちゃの頭で分かるのは、ただ一つ。

巻き込まれただけの女の子を、国同士の諍《いさか》いなんてくだらない理由で傷つけてはならない。

振り上げられたダガーを見た私は、咄嗟に神子姫の上に覆いかぶさった。

護衛騎士の焦り。

「クラウス」

「団長、こちらです」

ローゼマリー様がお部屋に戻られてから、さして時間も経たずに団長がやってきた。

数人の近衛騎士を引き連れた団長に、簡潔な報告を行う。

「！」

異世界からの客人の所在を説明している途中で、団長は弾かれたように顔をあげた。

室内からの物音に気付いたオレも、素早く振り返る。しかし、団長の反応はオレよりも僅かに早く、蹴破《けやぶ》る勢いで扉を開けた。

「っ……!!」

入った直後、団長は息を呑む。

団長に遅れて中へと踏み込んだオレが見たのは、折り重なるようにして、床に蹲る二つの人影。

そして、その人影に向かってダガーを振り下ろそうとしている侍女の姿だった。

顔は見えないものの、波打つプラチナブロンドで、上に覆い被さっている人が誰なのかが分かる。

ローゼマリー様に、侍女が襲いかかっている。その事実を理解した瞬間、全身の血が沸騰《ふっとう》したかのような苛烈《かれつ》な怒りを覚えた。

誰に刃を向けているのか。

咆哮《ほうこう》の如く口から飛び出しそうになる怒声《どせい》を、歯を食いしばる事で呑み込む。ぎしりと嫌な音が内側から響く。握りしめた拳を解き、剣の柄に手をかけた。

しかしオレよりも早く動いた団長が、ダガーを握る女の手に何かを投げる。

「あっ⁉」

短い悲鳴をあげて、侍女はダガーを取り落とす。

刃がむき出しのダガーと、団長が投げた鞘付きの短剣が、派手な音をたてて床に落ちた。

侍女の意識が落ちたダガーへと向いているうちに距離を詰め、そのまま団長は侍女を取り押さえる。流れるような動きでの制圧に、他の誰も手出し出来ない。

「拘束しろ」

「はっ」

団長の命令に従い、二人の近衛騎士が侍女を両脇から拘束する。

青褪めた顔の侍女は涙ぐみ、頭を振った。

「わ、私は、脅されていたんです……‼　裏切りたくて裏切った訳じゃない！」

侍女は取り押さえられながらも、団長に向けて必死に訴えた。

保身《ほしん》の為の言い訳か。それとも真実なのか。

どちらにせよ、この場で判断していい案件ではない。

「お願い、信じ……ひっ……‼」

取り乱していた侍女の声は、途中で途切れる。

代わりに、引き攣ったような悲鳴が洩れた。

侍女の視線を追う形で団長を見たオレも、息を呑む。

怒りの形相《ぎょうそう》、ではない。それどころか黒い瞳は、風のない夜の海の如く静かだった。

感情が抜け落ちたかのような無表情は、端整な顔立ちを際立たせる。芸術品めいてすらいた。

それなのに、何故だろう。底知れぬ怒りを感じるのだ。

瞬き一つ、呼吸一つで、命を奪われるのではないかと、あり得ない想像をして恐怖する程、激しい怒気《どき》を。

剣の柄を握ったままの掌は、じっとりと汗をかいている。酷く息苦しいのも、錯覚なのだろうか。

張り詰めた空気の中、オレを含めた誰も動けずにいる。侍女も、取り押さえている近衛騎士達も、廊下から様子を窺っていた騎士達もだ。

闇から滲み出たように唐突に現れた漆黒の獅子《しし》に噛み殺されないよう、息を殺す事しか出来ない。

そんな一瞬とも永遠とも思える息苦しい時間を打ち破ったのは、聞き間違えるはずもない、大切な主人の声。

「……れおん、さま……？」

あどけない子供のように、無防備な声だった。

この場に似つかわしくない、柔らかで温かいその声が聞こえた瞬間、張り詰めた空気が霧散する。

団長は目を伏せ、息を吐き出す。深い怒りを、臓腑《ぞうふ》から押し出すように。

纏う空気が一変し、再び黒い瞳が現れると、そこにいるのは見慣れた団長だった。

「……取り調べは後日。言い分はその時に聞かせてもらおう。……連れていけ」

「か、かしこまりましたっ！」

固まっていた近衛騎士二人は、声を揃えて返事をする。放心しているらしい侍女を両側から支えるように、退室した。

団長はローゼマリー様の前に跪く。

「殿下、お怪我は……？」

「はい。……あっ、フヅキ様、怪我をしていませんか？」

心配そうに眉を下げ、覗き込む団長に対し、ローゼマリー様はまだ事態を把握しきれていないらしい。どこかぼんやりした様子で身を起こす。

その体の下には、異世界からの客人……フヅキ様がいた。

身を挺《てい》して庇ったのか。

この方は、本当に……いつまで経っても変わらない。変わってくれない。

大勢の人間に傅《かしず》かれる身分でありながら自分の価値には全く気付かず、目の前の他人の為に、我が身を投げ出してしまう。

その高潔な精神を尊く思いつつも、絶賛《ぜっさん》する気にはならなかった。

優しく美しい心根を持つローゼマリー様だからこそ、オレや多くの人間に慕われている。それを失ってしまったら、ローゼマリー様の大切な部分が損なわれてしまうと分かっているのに……もっと利己的になってくれと願ってしまう。

誰を犠牲にしても生きてほしいと、決して口に出す事の出来ない願いを抱いてしまうのだ。

フヅキ様は、「いたた」と呻きながら起き上がる。

「転んだ時に膝をぶつけたくらいで、あとは全然。……それよりもお姫様は大丈夫ですか⁉」

途中で我に返ったフヅキ様は、勢いよく顔をあげてローゼマリー様に詰め寄る。

「怪我はありませんか⁉　刺されていませんか⁉」

「私はどこも、……ネロは？」

ぼんやりとしていた目に、光が戻る。目を見開いたローゼマリー様は、部屋の中を見回す。

「ネロッ！」

壁に沿うようにして倒れる黒い塊を見つけたローゼマリー様は、焦りながら立ち上がろうとする。足に力が入らないのか、何度もよろけて壁に手をつきながら、黒猫の許に駆け寄った。

「……ネロ？」

猫の傍らにペタンと座り込む。

震える指先をゆっくりと伸ばそうとして、躊躇った。恐ろしい想像が現実になる事を拒むみたいに、そのまま動かなくなる。小刻みに震える手と、青くなる顔色だけが時間の経過を知らせていた。

「……殿下」

団長はローゼマリー様の隣に膝をつく。

いつまでも触れられないローゼマリー様に代わるように、黒猫に手を伸ばした。節くれだった無骨《ぶこつ》な手からは想像も出来ないほど、丁寧な動作で小さな体に触れる。

呼吸や鼓動を確かめているのか、胸や鼻先に触れる様子を、ローゼマリー様は息を殺して見守っていた。

震える手は、団長の騎士服の袖口を握る。無意識の行動だろうが、何かに縋りたいという心の表れだろう。

祈るような眼差しを受け止めた団長は、視線を合わせて頷いた。

「息はあります。気絶しているのでしょう」

「…………本当に？」

ローゼマリー様の声は、手と同様に震えていた。

団長はローゼマリー様の手に手を重ね、もう一度しっかりと頷く。

「はい。どこかを痛めている可能性はありますが、命に別状はなさそうです」

「っ……よ、かったぁ……」

安堵に表情を緩めたローゼマリー様は、泣き出しそうな声で呟く。

脱力したローゼマリー様の体が、ぐらりと傾いた。張り詰めていた糸が切れたように崩れた体を、団長は抱き留める。

「ローゼマリー様っ？」

「気を失われたようだ。安心したんだろう」

焦って駆け寄ったオレに、団長が答える。

壊れ物を扱うみたいな手付きで細い体を抱き上げ、団長は立ち上がった。横抱きにしたままベッドに近付き、ローゼマリー様をそっと横たえる。

寝顔を覗き込む団長の目は、見た事もないほどに優しかった。

「フヅキ様」

「ひゃいっ⁉」

振り返った団長に呼びかけられ、フヅキ様はびくりと跳ねる。

顔が真っ赤なのは、おそらく団長とローゼマリー様のやり取りに当てられたからだろう。

「立てますか？　怪我はないとの事ですが、医者を呼びますので、一応見てもらいましょう」

「はい、立てます！　もちろん一人で！」

赤い顔で焦りながら、フヅキ様は勢いよく立ち上がる。

落ち着きなく視線を彷徨わせながら、手で服についた埃を叩いた。

「良かった。では別室に移りましょう」

団長は寝床らしきカゴに黒猫を載せ、そのまま持ち上げる。

フヅキ様の後で医者に見せるのだろう。

「クラウス、後は頼む」

「かしこまりました」

朝までローゼマリー様のお傍についているつもりだが、流石に中に居座る事は出来ない。二人と共に部屋を出て、ドアの外で見送ろうとした時、「あっ」と小さな声がした。

「フヅキ様、どうかされましたか？」

声の出処はフヅキ様だった。

立ち止まった彼女は、首から下げていた小さな袋に、恐る恐る手を伸ばす。

さっきまでとは真逆に真っ青になったフヅキ様は、酷く焦りながら首から紐を外し、袋の口を開く。中身を確認した彼女の目が、大きく見開かれた。

「……どう、しよう……やっちゃった……」

震える声で呟いた内容に、心当たりはない。
しかし強張る団長の顔を見て、非常事態である事は理解した。

転生王女の夢現《ゆめうつつ》。

とても長い夢を見ていた気がする。

といっても、内容は覚えていない。

頭の中はぐらぐら煮立てられたみたいに混沌としていて、まともに働いてくれない。しかも鈍い痛みが絶えず襲ってくる。

その上、喉も痛いし、気持ち悪い。

健康優良児であった私には珍しい具合の悪さ。遠い記憶から引っ張り出した感覚の中で符合するそれは、いわゆる『風邪』。

夜中に薄着でずっとウロウロしていたのだから、当然といえば当然の結果だ。

思考は常に霞《かすみ》がかっていて、何かを考えようとしても上手く纏まらない。砂の城が波にさらわれていくように、端からサラサラと解けていく。

ぼんやりしているうちに眠って、うっすら起きたと思ったらまた眠っての繰り返し。

たまに傍に人の気配があった気もするけど、よく覚えていない。

目が覚めると辺りは暗くて、部屋の中には誰もいなくて。馬鹿みたいだけど世界で一人ぼっちになったみたいな心細さを誤魔化す為に、無理やり目を閉じた。

病気の時に心細くなるのは、異世界でも変わらないみたい。

そうして夢なのか現実なのか分からない曖昧な時間を、どれくらい過ごしたのか。

ふと喉の渇きを覚えて、目を覚ました。

室内は薄ぼんやりと明るい。

明け方か夕暮れかと思ったけれど、どちらでもない。控えめな光源は枕元のランタンで、カーテンの隙間から見える外は真っ暗だ。

辺りは静寂に包まれており、時折響く紙が擦れる音だけがやけに大きく聞こえた。

一定のリズムで響くそれは、どうやら枕元にいる誰かが本のページを捲る音のようだ。不快な音ではなく、寧ろ落ち着く。

ウトウトと微睡み始めた私だったが、喉の痛みに意識を引き戻される。

小さく咳《せ》き込むと、傍にいる誰かが動く気配がした。

「起きたか」

その声が誰のものなのか、すぐには思い当たらなかった。

低い美声に聞き覚えがない訳ではない。ただ、この場にいるはずのない人だったから、頭が自動的に違うと判断したのだろう。

ならば誰だと考えようとしても、収まらなくなってしまった咳の辛さでそれどころではない。生理的な涙が滲んで視界での判別も難しい。

体を横向きにして丸まりながら、苦しさに耐える。

すると大きな手が、労《いたわ》るように背を擦った。

誰のものかも分からないのに、不思議と不快ではなかった。

暫くして咳が止まると、ようやく苦しさが少し緩和される。

仰向けの体勢に戻って、呼吸を繰り返していると、目尻から零れ落ちた涙を拭われた。

「手伝ってやるから、少し体を起こせ。喉が渇いただろう」

言われるがままに差し出された腕に身を預けると、背中にクッションが差し込まれる。熱があるからか、少し動いただけでもダルい。

体を戻された私がクッションにぐったりと体重をかけていると、口元に吸い飲みが近付いてきた。

喉が渇いていたのは確かなので、ぱかりと口を開く。

幼い子供みたいだと頭の端っこでは思うけれど、今は取り繕う元気もない。

流し込まれる少量の水が、腫れた喉元を流れ落ちる感覚が心地よかった。

何度かに分けて水を飲み、落ち着いたところで深く息を吐き出す。

喉の痛みが和らいだお陰か、また睡魔《すいま》が戻ってきた。

うとうととしながら、枕元の椅子に座る人を見る。

テーブルに吸い飲みを置いてから、洗面器に浸した布を絞る。そんな生活感のある姿が、物凄く似合わない。

絞った布を私の額に載せようとした人が動くと、クセのないプラチナブロンドの前髪の奥、薄青の瞳と目が合った。

「……とうさま？」

いやいやいやいや、そんな訳ないでしょ。馬鹿なの自分。

ぼろりと零れ落ちた自分の呟きに、ついツッコミをいれる。

三人の子供の父親とは思えない美しい顔が、にこりともせずに口を開く。

「なんだ」

返事をされてしまい、目の前のこの人が父様である事が確定した。

つまり、これは……。

「ゆめ……？」

頼りなく掠れた自分の声に、頭の中で頷く。うん、これは夢だ。

心細くなって見る夢が父様とか、ちょっと納得出来ない部分はあるけれど、夢だ。夢以外にあり得ない。

夢の中の父様は、呆れ顔で溜息をつく。

「なんでもいいから、さっさと眠れ」

ぴしゃりと少々乱暴に、額に布が置かれた。

冷たい感覚があるように感じたけれど、きっと気の所為。

「なんで、とうさまが？」

自分の夢ながら、キャスティングが不思議でならない。

私の夢なんだから自問自答するしかないのだろうが、つい目の前の父様（仮）に聞いてみた。

父様は器用に片眉を跳ね上げる。

「丈夫だけが取り柄の馬鹿娘が、熱を出したと聞いたのでな。阿呆面《づら》を見に来た」

「…………」

無言で眉間にシワを寄せる。

なんて無駄なクオリティの高さ。こんな部分まで完全再現しなくていいのにと、自分の想像力の逞しさに毒づいてみる。

優しい父様なんて、確かに想像出来ないけどさ。

こんな時くらい、甘やかしてくれてもいいのに。……いや、怖いな、ソレ。父様じゃないわ。

「客人を庇ったそうだな」

「……へ？」

「異世界からの客人を庇ったと聞いた」

にこやかな父様の想像図を頭から振り払っていると、淡々とした声で話しかけられた。

間の抜けた声で聞き返すと、似たような言葉を繰り返される。

「よくやったと言うべきなのだろうな」

父様の声は平坦で、誉められているとは思えなかった。

前もこんなセリフを言われた気がするから、その時の回想が混ざっているんだろうか。勝算もなしに突っ込んでいくイノシシ娘を放置出来ないとかなんとか。思い出したら腹立ってきた。

馬鹿娘で、イノシシで、阿呆面で。

年頃の娘になんて事を言うんだと食ってかかりたいが、しょせんソレも独り言。自分の想像に吠えるとか馬鹿みたい。それに、何一つ否定出来ないし。

「あの娘は、他の世界から借り受けている大切な存在だ。傷つける訳にはいかない。その点のみ考えると、お前の判断は確かに正しかった」

父様の低い声が、耳に心地よい。

夢うつつの状態のまま、口を開く。

「……正しいとか、正しくないとか、そういうのは分からないです。ただ、誰にも傷ついてほしくないだけ」

「甘ったれた考え方だな」

ふん、と馬鹿にするみたいに鼻を鳴らす。

夢は深層心理の象徴だと誰かが言っていた気がするけど、私は叱られたい願望でもあったんだろうか。

実際に誉められたものではないと理解しているから、困り顔で笑った。

「そうですね」

父様はそんな私を見て、眉を顰める。

無表情がデフォルトである父様が、苦虫を噛み潰したような顔をしていた。珍しい。というか、私の想像力って何気に凄いな。

「そうやってお前は、親よりも先に死ぬのか」

苦い声を聞いて、私は目を丸くした。

予想外すぎる言葉に、反応が出来ない。

思わず言葉を失くした私を放置し、父様は扉の方向を振り返る。

「お前も言ってやったらどうだ」

誰かそこにいるんだろうか。

私からは誰も見えないが、父様は構わずに話しかけ続けた。

「いつまで扉の前をウロウロしているつもりだ。護衛の騎士達が哀れになる。さっさと入ってこい」

身内に語りかけるような口調からして、兄様だろうか。

私の夢の、次の登場人物が気になって顔を傾ける。

額からずり落ちそうになった濡れた布を押さえながら、私が見守る中、扉が開く。

おずおずと躊躇いながら入ってきたのは、闇の中でも艶やかに咲く薔薇《ばら》の如き佳人《かじん》。

いつもはツンと取り澄ました美しい人は、叱られる前の子供みたいに頼りなさげな表情で、足元に視線を落とした。

父様よりも、あり得ない人がそこにいる。

これが私の願望だというのなら、なんて愚かで、……我ながら、なんて健気《けなげ》な。

小さく笑ったのに合わせて、ほろりと生理的な涙が零れ落ちた。

「……かあさま？」

「！」

私が呼びかけると、母様の姿をした幻《まぼろし》は弾かれたように顔を上げた。

「…………」

ふっくらとした紅《あか》い唇が、言葉を紡ごうとして止まる。

唇から零れ落ちかけた言葉は、結局は音にならずに喉の奥に消えた。

母様は足を縫い止められたかのように、入り口の辺りから動かない。

父様は事態を静観しているし、私は私で何と声をかけたらいいのかが分からない。室内に気まずい沈黙が落ちた。

俯いたまま立ち尽くす母様は、そのまま夜の闇に消えてしまいそうな儚さがあった。見守っていれば、きっといつか消えてしまうのだろう。

何も語らず、何の痕跡も残さず。明日の朝に目覚めたら、記憶からも消える。

それでいい、いつも通りの日常に戻るだけ。

そう思うのに、黙って見守る事が出来ない。幻のまま終わらせてしまうのが、何故か少しだけ怖かった。

でも具体的に何をしたらいいのかも分からず、ただ悪足掻《わるあが》きするみたいに体を動かす。

手をついて体を起こそうとしたら、カクンと腕の力が抜ける。そのまま体勢が崩れた。

「あっ」

「ローゼ！」

ベッドから落ちそうになった私に向かって、母様が手を伸ばす。

しかし入り口にいた母様が間に合う筈もなく、私は衝撃を覚悟して目を閉じた。

「……？」

いつまで経っても、痛みがやってこない。

恐る恐る目を開けると、至近距離に父様の綺麗な顔があった。

「何をやっている」

父様は私の体を抱き留め、ついでに額から落ちた布まで華麗にキャッチしてくれたらしい。呆れたように呟いた父様が布を雑に放り投げると、洗面器の中にポシャンと落ちた。ナイスコントロールです、父様。

父様の肩越しに見えた母様は、手を伸ばした体勢のまま固まっていた。

私と目が合うと、厳しい表情がほっと緩む。指先からも力が抜けて、上げていた手はゆるゆると下りた。

「病気の時くらい、大人しくしていろ」

苦々しく呟いた父様は、抱え上げた私をベッドの上に下ろす。

厳しい口調とは裏腹に手付きは優しくて、どうしたらいいか分からなくなる。

布団を掛けられながら視線を彷徨わせると、また母様と目が合った。でも今度は、すぐに逸らされる。

ちらりと背後を気にする母様は、そのまま逃げ出してしまいそうだ。

「……かあ、さま」

小さな声で呼ぶと、母様の肩が揺れる。

いつまで経っても返事はない。

短い嘆息《たんそく》と共に沈黙を破ったのは、父様だった。

「呼んでいるぞ」

静かな声には、責める色も宥める意図も含まれてはいない。ただ事実のみを渡そうとする声に背を押されたのか、母様は一歩踏み出した。

ゆっくりと、一歩、また一歩。

近付いてきた母様は、私の枕元まで来て立ち止まる。

「後はお前に任せるか」

本を持った父様は、そう言って椅子から立ち上がる。

「父様」

母様と二人にされても、何を話したらいいのかが分からない。思わず縋るように呼ぶと、父様はフンと鼻を鳴らす。

手が伸びてきて、ぐしゃりと髪をかき混ぜられる。

「さっさと治せ」

雑に私の頭を撫でてから、父様は部屋を出ていった。

残されたのはぼさぼさ頭の私と、棒立ちする母様だけ。

さっきまで以上に、沈黙が気まずい。

困った私は、取り敢えず座ってもらおうと口を開きかけた。

「か、……っ」

声の代わりに、ひゅう、と掠れた音が出る。

喉の奥に何かが張り付いたみたいな衝動を堪え切れずにそのまま咳き込むと、喉の奥と胸が鈍い痛みを訴えた。

咳を一瞬我慢しようとしたせいか、おかしな力の入れ方をしてしまったらしい。

息苦しさに浮かんだ涙で滲んだ視界に、青褪めた母様の顔が映った。

「……か、さま……?」

中途半端に手を開いたまま、母様は立ち尽くす。キョロキョロと辺りを見回す彼女は、狼狽《うろた》えている様子だった。

「く、薬？　いえ、医者を呼んできた方がいいわね。少し待ちなさい！」

「えっ」

言うなり母様は小走りで入り口の扉へと向かう。

たぶん真夜中だろうに、侍医《じい》を叩き起こす気だろうか。ただの風邪なのに。

「か、かあさまっ！　待って！」

体を起こそうとすると、母様は青い顔で駆け寄ってくる。

「な、何故起きようとするのです！　ちゃんと横になっていなきゃ駄目でしょう！」

「いえ、あの、うぷっ⁉」

顔の上まで布団が引き上げられて、思わず呻いた。

「お医者様も薬もいりません。ちょっと咳が出ただけなので、大丈夫です」

なんとか顔を出して、医者はいらない事を訴えると、母様は困ったように眉を下げる。

「そんなに苦しそうなのに、大丈夫なはずないでしょう⁉」

「ただの風邪なので、安静にしていたら治ります。あ、額を冷やしたいので、布を絞ってもらってもいいですか？」

お医者さんの安眠は、どうやら私の手にかかっているらしい。

何か仕事を与えておけば大人しくしてくれるかと思い、洗面器を指差した。

「これね？　分かったわ」

母様の関心がそちらに移ったので、安堵の息を吐き出す。

目を伏せて一息ついてから、ふと母様に看病なんて出来るのか不安になった。

『ちゃんと絞ってくださいね』と注意しようとしたのと、額にびしゃりと絞りの甘い布が置かれたのはほぼ同時だった。

うん、冷たい。びっしょびしょです。

「あとは？　あとは何をしたらいいのかしら？」

意気込む母様に、生温い笑いがこみ上げてくる。

水が飲みたいとか言ったら、更なる惨事が予想出来た。

「なにも。後は何もいらないです」

「……えっ」

静かな声で答えると、母様は小さな驚きの声をあげる。

戸惑う声は、置いてきぼりにされた子供のように頼りないものだった。

狡いなぁ、と思う。そんな顔されて、突き放せるはずがないでしょう。

へらりと緩く笑って、手を伸ばす。

「何もいらないから、……傍にいてください」

「っ……」

母様は戸惑いがちに、私の手に触れる。ゆっくりと両手で包み込んだ母様は、先程まで父様が座っていた椅子に腰掛けた。

再び落ちた沈黙を、今度は気まずいとは感じなかった。

「……ね」

「え?」

小さな呟きを拾えずに、聞き返す。

母様は私の手の形を確かめるように握りながら、「大きくなったのね」と一言一言区切るように告げた。

目を丸くした私が見上げると、視線がかち合う。

母様は自嘲めいた苦笑いを浮かべた。

「今更、とは言わないの?」

私はパチリと瞬きをする。

母様はどうやら、私に責められる覚悟があったらしい。

今更……確かに、今更なんでと思わない訳ではない。でも、それ以上に戸惑いが大きかった。

「……母様は、私に興味がないのだと思っていました」

正直に心情を吐露すると、母様の形の良い眉が下がる。目を伏せてから、吐息を零した。

「そう思って当然だわ。貴方にもヨハンにも、何もしてあげなかった。……私は貴方達から逃げたのよ」

「逃げた?」

言葉を繰り返すと、母様は頷く。

「そうよ。嫌われてしまうくらいなら、自分から離れて行こうと思ったの」

母様の言葉は想像もしていないものだったけれど、疑う気は起こらなかった。「勝手でしょう?」と悲しげに笑う瞳に、嘘はないように見えたから。

ぽつり、ぽつりと紡がれる独り言めいた言葉を、黙って聞いていた。

断片的な言葉はピースの足りないジグソーパズルみたいで、組み合わせても全体的な絵は見えてこない。でも、なんとなく輪郭だけは伝わってくる。

それで分かったのは、母様がとんでもなく不器用な人だって事。

父様を必死に振り向かせようとして、私とヨハンを部屋に閉じ込めて。それで家族が出来上がるんだと思っていた。そんな歪《いびつ》な形をしたものが、家族だと信じていた。本物を知らないから。

私が母様に反抗して、やっと手元に誰も残っていないと気付いたんだろう。

必死にかき集めようとした家族は、もはや欠片さえも残っていなかったのに。

ヨハンが留学して、私が旅に出て。母様は一人きりの部屋で何を思っていたのだろう。

「貴方達がいなくても、平気だったわ。……平気、だったのに」

きゅうと、母様の手に力が込もった。

僅かな痛みに顔を上げた私は、そこで息を呑む。

母様の顔が、くしゃりと歪んだ。泣くのを堪えているような表情は、酷く歪で。それなのに何故か、言葉を失うくらい、ただ只管《ひたすら》に綺麗だった。

「二度と会えなくなるとは、考えた事がなかったの」

「……かあ、さま」

「嫌われて憎まれる以上に怖い事があるなんて、知らなかったわ。本当に馬鹿みたい。なくしかけて初めて気づくなんて、出来の悪い低俗な劇のようだわ」

驚きと共に、父様の言葉が思い浮かぶ。

『そうやってお前は、親よりも先に死ぬのか』

そう言った、父様の顔も。

「嫌いでもなんでもいいから、目の届かないところへ行かないで頂戴《ちょうだい》」

包み込んだ私の手に、額を押し当てた母様の手は、小さく震えている。

母様の表情と父様の言葉を噛み締めて、私の中にストンと一つの結論が落ちてきた。

ああ、私——ちゃんと愛されていたんだ。

不器用で分かり難《にく》い人達だけど、ちゃんと愛を注いでくれていた。

その事が、すごく、すごく癪だけど……泣きそうなくらい、嬉しかった。

「母様」

呼ぶと、潤んだ青い瞳が問うように向けられる。

「眠るまで、手を握っていてくれる……？」

母様は目を瞠った後に、戸惑うみたいに視線を彷徨わせる。

それでも手は離さず、そっぽを向いたまま頷いた。形の良い耳が赤いのはどうしてだなんて、問うだけ野暮《やぼ》というものだろう。

小さく笑うと、母様はじろりと睨んでから、布団を肩口まで引き上げてくれた。

どうか、これが夢ではありませんように。

そう願いながら、私は目を閉じた。

転生王女の悪報。

閉じた目蓋《まぶた》越しに光が差し込む。

眩しさに、急速に意識が浮かび上がった。手をかざして遮ったソレは、朝日なんて生易しいものではない。

うっすらと目を開けると、カーテンの向こう側の太陽は随分高い位置まで昇っていた。昼前くらいだろうか。随分と寝過ごしてしまったようだ。

よく寝たお陰か、頭はすっきりしている。

昨日まで悩まされていた頭痛もなく、気持ちのよい目覚めだ。

もう起きなくちゃとは思うのに、微睡んでいるのが気持ちよくて体を起こせない。もうちょっとだけ、と誰に言うでもない言い訳を心の中で呟く。

寝返りをうつと、ふわりと柔らかなものが触れた。

「……？」

寝ぼけた頭で、柔らかいものの正体を考えるが思い当たらない。

ふわふわと柔らかくて、温かい。それに、とっても良い匂いがする。

すん、と鼻を鳴らしながらすり寄ると、何かが髪を撫でる。そっと抱き寄せるそれが誰かの手だと気付いて、私はぱっちりと目を開けた。

目の前に迫っているのは、豊かな谷間。夜着《よぎ》の襟ぐりから覗く白い肌が眩しい。身動ぐとふるりと揺れる二つの山は、私が憧れてやまないものだ。

恐る恐る視線を上げると、細い首筋と形の良い顎《あご》。ふっくらとした唇は、口紅を塗っていないのに紅く目の毒だ。通った鼻梁に、綺麗なラインを描く柳眉《りゅうび》。長い睫毛に縁取られた青い瞳が、じっと私を見つめている。

起き抜けだからか少し潤んだ目は、キラキラと宝石の如く輝いていた。

「……おはよう、ローゼ。具合はどう？」

掠れた声は、私が男だったら鼻血ものだったと思う。

朝から色気をこれでもかとばかりに垂れ流している美女に、私は目を見開いた。

昨日のあれこれは夢ではなかったのは、嬉しいんだけど。

でもさ……。

「母様、なんで一緒に寝ているの？」

私が聞くと、母様は不思議そうな顔で首を傾げた。

「当たり前でしょう」

「あ、当たり前って……」

「一人で寝ていて、体調が急変したらどうするの。それよりも、熱は？」

母様は前髪を掻き上げて、額と額をこつりと合わせる。

幼い子供のような扱いに、私は戸惑う事しか出来ない。小さい頃だって、こんな風に看病された記憶はないけれど。

「下がっているわね。良かったわ」

間近にある美貌が、ふわりと緩む。

目を細める母様は、女神様みたいに綺麗だった。

ふわふわと笑っていた母様は、ふと何かを思い出したみたいに真剣な顔になる。

私の頬を両手で包んで、瞳を覗き込んだ。

「ローゼ？」

「はい？」

「昨夜は何か、怖い夢を見なかった？」

夢？

母様の言葉を鸚鵡返しして、首を傾げた。

思い返そうとしても、特に記憶に引っかからない。

父様と母様が来る前は、長い夢を見ていた気がするけれど……内容は覚えていないし。母様に手を握ってもらってからは、気持ちよく眠れていた。

「見ていないと思う」

「体におかしなところはない？　どこか痛かったり、苦しかったりは？」

喉はまだヒリヒリするけれど、昨日よりは楽になった。頭痛も吐き気もないし、一晩でかなり回復したようだ。

「大丈夫」

返事をすると、母様は安堵の息を零した。

「そう」

どういう意味なのかと考えていると、ドアがノックされた。

身を起こす母様につられて、私も起き上がる。「お会いしたいと……」と困ったように告げる護衛は、いつかの夜を思い出させた。

そうして私達が誰何する前に、扉が躊躇いなく開く。

「邪魔をするぞ」

夜着のままの王妃と王女に申し訳無さそうな顔をするでもなく、堂々とした態度の人物は、想像通り父様だった。

そういえば、母様が夢じゃなかったって事は、父様も現実だったんだよね……。

整いすぎた顔をぼんやり眺めていると、私の肩に母様が手を置く。

細い手が私を抱き寄せる。目を丸くして見上げると、母様は真剣な顔で父様を見つめていた。

「……?」

驚きに、言葉がすぐには出てこなかった。

母様の目つきは鋭く、とてもじゃないが会えて嬉しいというものではない。子猫を取られまいと牙をむく母猫のような様子に、私は唖然とした。

父様は、やれやれと言いたげな顔で息を吐く。

「なにもとって喰おうという訳ではない。そう威嚇するな」

「ならば私も同席させてくださいませ」

「元よりそのつもりだ。二時間ほど経ったら、また来る。それまでに支度を済ませておけ」

父様と母様の会話は、私には全く意味が分からない。でも当人同士には通じ合っているようで、話はすぐに終わった。

訳が分からないと目で訴える私に、父様は手を伸ばす。汗で張り付いた前髪を上げ、大きな手が額に触れた。

「熱は下がったようだな。気分は？」

「良いです」

「そうか」

返す父様の声は淡々としているが、手付きは昨夜と同じく優しい。

何故か「体に異常はないか」とか「なにか夢は見なかったか」とか、母様と同じような質問をされて、一つ一つ答えを返した。

「ならいい」

私の乱れた前髪を指で直してから、父様は背を向けた。

一体、どうしたんだろう。

父様も母様も、何を心配しているの？

「ローゼ」

父様の背中を見送っていた私の意識を引き戻したのは、母様の呼びかけだった。

「着替える前に、体を拭きましょうか。汗をかいて気持ち悪いでしょう？」

「お風呂は……」

「駄目よ。今は熱が下がっていても、完全に治った訳じゃないわ。お風呂は明日にしましょうね」

聞き分けのない子供を宥める口調で言われ、力なく項垂《うなだ》れる。

かなり汗をかいたのでお風呂でさっぱりしたかったけれど、仕方ない。小さく頷くと、母様は笑顔で私の頭を撫でた。

なんか、幼子のような扱いをされているのが気恥ずかしい。でも嫌ではないのだから、複雑だ。

ベッドから下りた母様は、侍女達に色んな指示を出している。

お湯と布だけでなく、食事を用意するようお願いしているみたいだ。

それからのんびりと支度を済ませた私達の許に父様がやってきたのは、約束通り、ちょうど二時間経過してからだった。

父様に続いて入ってきた神子姫の姿を見て、私は驚く。

神子姫は、酷く居心地悪そうに周囲をキョロキョロと見回していたが、私の姿を見つけると目を輝かせる。

頬を紅潮させた彼女は、私に向かって駆け出そうとした。

「あのっ！」

「フヅキ殿」

しかし父様の低い声に呼ばれ、ぴたりと足が止まる。

恐る恐る父様を見上げた彼女は、冷えた視線を受け止めて、しゅんと項垂れた。

ベッドの上で上半身を起こした私の方へと、二人はやってくる。

そしてベッドの傍に立つ母様は、私を二人から庇うように立った。

「まだ体調が思わしくありませんの。手短にお願い致しますわ」

「すぐに済む」

呆れ顔の父様は、母様にそう返してから私を見た。

「お前が倒れている間に、面倒な事態になった」

「面倒な事態？」

父様の言葉に、首を傾げる。

すると父様は眉を顰めて渋面を作った。

「ああ。石が割れた」

「…………え？」

あっさりとした返答に、理解が追いつかない。

きょとんと目を瞠ったまま、言葉を頭の中で繰り返す。

イシガワレタ……石が、割れた？

石と言われてすぐに思い浮かぶのは、とても物騒なものなんだけど。

え、違うよね？　違うと言って。

「石が、割れた？　……嘘、ですよね？」

顔を引き攣らせながら私が言うと、父様の隣にいた神子姫が、居た堪れなくなったかのように顔を覆う。

さっきから嫌な予感しかしない。

なんか熱がぶり返してきた気さえする。

「残念ながら、事実だ」

淡々とした父様の声が、酷く遠く聞こえた。

頭が痛い。

額を押さえながら俯くと、母様が心配そうに覗き込む。

「ローゼ、具合が悪いのなら横になる?」

「ありがとう、母様。大丈夫です」

世話を焼いてくれようとする母様を手で制し、不格好な笑みを浮かべた。

たぶん引き攣っているけれど、そこは見逃してほしい。

ぶっ倒れて、そのまま現実逃避したいけれど、何の解決にもならない事は分かるのでしない。

ちらりと父様を見ると、相変わらず何を考えているのか分からない顔をしていた。

重大な発表ならそれなりの表現をしてくれと思ったが、父様にそれを求めるのは無謀《むぼう》というものだろう。

「……分かりました」

長い溜息を吐き出すと、神子姫の肩がビクリと大きく揺れた。

彼女を責めるつもりはなかったのに、結果的に威圧してしまっている状況に気付いた私は、慌てて頭を振った。

「フヅキ様、顔を上げてください。貴方のせいではありません」

出来るだけ優しく語りかけたつもりだったけれど、神子姫は食べられる直前の小動物みたいにプルプル震えている。涙目で私を見る彼女に、罪悪感が刺激された。

かわいい……ではなく、可哀想に。

こんなに怯えて、父様に何を言われたのか。

神子姫の隣に立つ父様を軽く睨むと、眉間のシワが増えた。

「敵の侵入を許した我が国の落ち度ですのに、フヅキ様を責めたのですか？」

「違っ、誰にも責められていません！　でも、わたしのせいなんです！　私が……」

答えたのは父様ではなく、神子姫だった。

必死に訴える彼女は、そのまま過呼吸とかで倒れてしまいそうな危うさがあってハラハラする。

手を伸ばして、神子姫の右手にそっと触れる。

落ち着いてと宥める気持ちで彼女の手を軽く握ると、神子姫は目を瞠る。大きな目が潤んで、目尻に涙が浮かんできた。

それを懸命に手の甲で拭いながら、神子姫は口を開く。

「いつもは立派な箱に入れていたのに、勝手に袋へ移し替えちゃったんです。寝る時も身につけていたら、もっと早く消滅するかなって思って」

なるほど……。

あの夜、首から下げていた袋に入っていたんだね。逃げる時に転んでいたから、割れたとしたらそのタイミングだろう。

「わた、私が、とんでもない事を……」

「貴方のせいではありません」

震える声を絞り出す神子姫を見上げて、もう一度繰り返す。

「これは不幸な事故です。それに責任は、貴方を無理やり呼び寄せた我が国にあります」

手を軽く引くと、神子姫はゆっくりと私へ近付く。

大きな瞳からほろりと零れ落ちる涙を拭ってから、安心させる為に笑いかけた。

「怖かったでしょう？　もう我慢しなくても、大丈夫ですよ」

「っ……！」

息を吸い込む掠れた音がした後、神子姫の顔がくしゃりと歪む。

両腕を広げた神子姫は、私にしがみつくみたいに抱きつく。

唐突に抱きしめられて驚いたけれど、子供のように泣く神子姫をどうして引き剥がせようか。

細い肩を小さく震わせて、しゃくりあげる彼女の背を、私はそっと撫でた。

神子姫の肩越しに見えた父様は、呆れ顔ではあったが黙ったまま見守っている。

そして母様は微笑ましいものを見るような目で私達を見てから、父様に向き直る。

「これで疑いは晴れまして？」

「まだ判断は出来ん。暫く様子を見る必要がある」

なんの話だろうか。

父様と母様の話には主語がなくて、本筋が見えない。

疑問顔を向けている私に気付いた父様は、ふ、と息を吐き出す。

「石が割れたと言っただろう」

「……？　はい」

それはもう聞いたと目で訴えると、呆れを表すように薄青の瞳が細められた。

「そして割れた時に、一番近くにいたのはお前だ」

神子姫が転んだ時に割れたのなら、当人である神子姫を除くと確かに私が一番傍にいた事になる。で、何が言いたいのかと考えるまでもなく、思い当たった。

「……なる、ほど」

呟く声は、動揺に掠れていた。

石が割れた、つまり魔王の封印が解かれたとなると、次の問題は『誰が器となったか』だろう。

そして、割れた時に傍にいた私の中に、魔王がいる可能性もある。否、現時点で一番可能性が高いと言っても過言ではない。

それで父様と母様は、やたらと私の体調を気にしていたのか。

夢を見たかって聞かれたのも、その一環というか、手がかりを探る感じなのかな。

冷静に考えようとしてはみるものの、正直、頭がパンクしそう。

自分の中に魔王がいるかもなんて、考えた事もなかった。もし……もしも、本当にそうなってしまったら、どうしたらいいんだろう。

私の意識は残るのだろうか。

侵食されて消えていくのかと考えるだけで、背筋が凍る。消えるのは怖い。それに、私の体が私の大切な人達を傷つけるのも、すごく怖い。

大切な仲間も、友達も、家族も、私が傷つけるの？

『姫君』

レオンハルト様の笑顔が思い浮かんで、胸が軋むような痛みを覚える。

私はレオンハルト様の事も、殺そうとするのかな。

そしてレオンハルト様も、私を殺そうとするんだろうか。

レオンハルト様に剣を向けられる想像をするだけで、息が止まりそうになった。

「だいじょうぶ、です」

ぎゅうっと私の両手を握り、神子姫は言った。

泣いたせいで充血した目が、真っ直ぐに私を映す。

「貴方は、魔王になんかなってない」

「フヅキ様……？」

「だって、私が抱きついても大丈夫だったでしょう？　魔王だったらたぶん、私の事を嫌がると思うんですよ！」

お、おう？

神子姫の勢いに気圧されながら、私は釣られるように頷く。

神子姫の必死な訴えをまとめると、どうやら彼女が私の許へ連れてこられた目的はこれだったようだ。

私が魔王の器となっていたら、天敵である神子姫を拒絶するんじゃないかって事らしい。

ただ、封印の解かれた魔王にとって神子姫との直接的な接触が、どれ程の効果があるか分からないので、すぐには判断がつかないと。

それで父様は、様子見だと言っていたんだな。

「あっ！　それとも、もしかして嫌でした⁉」

神子姫は青くなって、体を離す。

私は咄嗟に否定して、首を大きく横に振った。

「嫌ではありません！　良い匂いがしました、し……」

いやいやいや、これはアウトでしょ。変態だもん。王女の皮を被った変態の発言だもん。

否定しなきゃと焦るがあまり、言葉を取り繕えなかった。欲望ダダ漏れのセリフがぽろりと零れてしまったが、もう取り返しはつかない。

恐る恐る神子姫を見ると、大きな目が真ん丸に見開かれている。目尻に残っていた涙が一粒、ぽろりと零れ落ちた。

柔い頬から耳まで、サァっと一瞬で赤く染まっていく。

ふっくらとした唇が、空気を食《は》むように何度か動いた。

鮮やかな変化に見惚れていた私は、派手に響いた手を打つ音を聞いて我に返った。

音のした方を見ると、苦い顔をした父様と目が合う。

「ひとまず、お前の状態に問題がなさそうなのは分かった」

「……はぁ」

気の抜けた返事をすると、父様は更に苦い顔になる。しかし何も言わずに、神子姫へと話しかけた。

「フヅキ殿。協力、感謝する。もう確認は終わったので、離れてもらって構わない」

「えっ、あっ、ひゃいっ！」

真っ赤な顔の神子姫は、飛び退くように私から離れる。

そろそろと後退る動きは、何故かぎこちない。油切れのブリキロボットみたいだ。

そのまま退室しようとする神子姫の後に、父様は続こうとして足を止める。

私をじろりと睨んでから、小さな声で「誰彼かまわず誑《たぶら》かすのは止《や》めろ」と告げた。

「……は？」

「普段は物分かりのいい大人の顔をしているようだが、アレは案外、お前に関する事には狭量《きょうりょう》かもしれんぞ。あまり振り回すな」

「……意味が分かりません」

さっきから、主語を抜いて話すのを止《や》めてほしい。意味が分からない。アレってなにさ。

私が一体、何をしたっていうんだ。

レオンハルト様以外を、誑かすつもりも、振り回すつもりもないぞ。

立腹する私を放置し、父様は神子姫と共に部屋を出ていった。

転生王女の後悔。

暫くベッドで安静にしていた私だが、ようやく出歩けるようになった。

元が読書好きのインドア派なので、室内で大人しくしているのはさして苦ではないと思っていたけれど、ずっとベッドの中にいるのは流石に辛かった。

人間には適度な運動と日光が必要なのだと、痛感したよ。

それにもう一つ、とっても辛い事がある。

愛猫であるネロに、倒れてからずっと会えていない。

神子姫を暗殺しようとした侍女によって壁に叩きつけられたネロは、骨こそ折れていないものの捻挫《ねんざ》をしてしまっていたらしい。発熱でぐったりしていたと聞いて、ついこっそり抜け出そうとしてしまった。途中で見つかって、ベッドに押し込まれたけれど。

王家のお抱えの医者であるお爺ちゃん先生が面倒を見てくれているらしいので、心配はないとは思う。

でも会いたいものは会いたい。可愛いネロの顔を見たい。あわよくばもふもふしたい……けど、怪我に障《さわ》るといけないので我慢する。

ようやく動けるようになった今日、ネロのお見舞いへと向かう事にした。

回廊を歩いていると、等間隔で並ぶ柱の向こう側に庭園が見える。燦々《さんさん》と降り注ぐ日差しは眩しく、日陰にいても暑さが伝わってくるようだ。

庭師が水を撒いたのか白い花弁の上に留まっていた水滴が光を弾いて、目に痛い程に輝いている。

梢《こずえ》を揺らして流れてくる風は温《ぬる》く、あまり心地よくはない。でも、日本のように湿度が高くないだけ、マシだとは思う。

「今日は暑くなりそうね」

よく晴れた空を見上げながら呟くと、傍を歩くクラウスは気遣うような目で私を見た。

「病み上がりのお体には、この暑さが堪えるのではありませんか？　やはり出歩くのは、もう数日先延ばしにした方が宜しいかと」

まずい。どうやら私が寝込んでいた間に、過保護の度合いが上がった護衛の不安を煽ってしまったらしい。

少しでも肯定しようものなら、即抱え上げられてベッドへ押し込まれそうな勢いだ。

「平気よ。今日は気分がいいの」

自分で言ってから、死亡フラグの立った病弱な姉か母のような発言だなと思った。

テンプレなんて知るはずもないクラウスだが、不安そうな表情は消えない。

「本当に大丈夫だから。あまり心配しないで」

困り顔でそう告げると、クラウスは眉を下げた。

小さな声で「心配します」と呟かれると、罪悪感が湧く。毛並みのよいワンコが、耳と尻尾をぺたんと下げている幻が見える。クラウスなのに。そんな可愛い生き物ではないのに、一瞬絆《ほだ》されかかった。

危ない、危ない。ここで流されたら、また暫くベッド生活に逆戻りだからね。

「少しくらい動かないと体が弱ってしまうわ。もし辛いと感じたら、すぐに貴方に言うから」

「……約束していただけますか？」

「もちろんよ」

何度も頷くと、クラウスは不承不承の態ながらも了承してくれた。

良かった。もう数日ベッドに押し込まれていたら、私はたぶん根腐れをおこす。

それから侍医である先生のお部屋へと辿り着き、ドアをノックする。

穏やかな声で入室を促された私は、クラウスを廊下へと残して、中へ入った。

室内へ踏み込むと、独特のにおいが鼻孔《びこう》を掠める。

クーア族の村で嗅いだのと似た薬のにおいだ。良い香りとは言い難いが、嫌いじゃない。

中では椅子に腰掛けた六十路《むそじ》くらいの男性が、こちらを見た。

「ようこそ、姫様」

そう言って笑ってくれたのは、ドミニク・フォン・テレマン。王家お抱えの侍医だ。

頭頂部は綺麗に禿げ上がっているが、後ろ頭からモミアゲ、そして顎へと続く白髭《しろひげ》がダンディなお爺様である。

「こんにちは、テレマンせんせ……」

い、と言い終える前に、固まった。

部屋の中に、予想外の人がいたからだ。

「姫様も、猫の様子を見に来たのですかな？」

『姫様も』、という言葉が指し示すように、先客もどうやらネロの様子を見に来てくれたようだ。

私が来るとは思っていなかったようで、彼も目を丸くしている。

「自分が運んできたからと、オルセイン団長は何度も様子を見に来てくれているのですよ」

私の戸惑いを感じ取ったのか、テレマン先生が教えてくれる。対するレオンハルト様は、気まずそうな顔をしていた。

怪我をしたネロを運んでくれたのは、レオンハルト様だったんだ。

神子姫の護衛や近衛騎士の指揮で忙しかっただろうに、ちゃんと先生のところへ運んでくれたなんて。

優しい人だとは知っていたが、改めて惚れ直した。

私はもう何十回とレオンハルト様に惚れ直しているけれど、これからもきっと、傍にいられる限りずっと『好き』が増していくんだろうな。

「人間以上に見舞い客が多い。この子は愛されておりますな」

喉を鳴らして笑ったテレマン先生は、眠っているネロの頭をそっと撫でる。

目を閉じたネロの表情に異変はないが、前足に巻かれた包帯が痛々しい。

「先生、ネロの具合はどうでしょうか?」

「骨に異常はなさそうですし、前足の腫れも引いてはきましたが、もう少し様子を見た方がいいでしょう。姫様はお寂しいでしょうが、暫く、この爺にお預けくだされ」

子供を宥めるような優しい声に、小さく頷く。

「先生、どうかネロを宜しくお願い致します」

頭を下げると、テレマン先生は「お任せを」と応えてくれた。

「さて。せっかくいらしてくださったのですから、お茶でもお出ししましょう」

そう言ってテレマン先生は、掛け声と共に椅子から腰を上げた。

「いいえ！　ネロに会えましたし、すぐに御暇《おいとま》します」

「自分も、仕事に戻りますので」

私とレオンハルト様は固辞したが、テレマン先生は引かなかった。

「そう急がずとも、少しだけ爺《じじい》の暇つぶしにお付き合いください。すぐ用意しますので、掛けてお待ちくだされ」

テレマン先生は私達の返事も聞かずに、部屋を出て行ってしまった。

残された私とレオンハルト様は顔を見合わせる。

二人きりというシチュエーションが久しぶり過ぎて、なんだか恥ずかしい。沈黙が気まずくて、話題を頭の中で探した。

「そ、そういえば、レオンハルト様がネロを運んでくださったのですね。ありがとうございます」

「いいえ。特別な事は何もしていませんよ」

謙遜するレオンハルト様に、私はゆっくり頭を振った。

ネロに視線を落とし、毛並みをそっと撫でる。少しごわついてしまっているのが切ない。

早くネロの、綺麗な蒼い目が見たいな。

「私には、大切な子なんです。助けてくださって、ありがとう」

「……です」

レオンハルト様は小さな声で何事かを呟く。

聞き逃してしまった私は、視線をネロからレオンハルト様へと移す。

「いま……？」

聞き返した声は、途中で切れた。

とても苦しそうな顔をしたレオンハルト様を見て、私は頭が真っ白になる。どこか痛いのかと問う前に、手首を掴まれた。

痛くはない。でも、私を宥めてくれる時の優しい手付きとは違って、少し荒々しいくらいの動作に驚いた。

「オレにとっても、貴方は大切な人です」

「っ……⁉」

「どうして他の者を思いやれるのに、自分の命は粗末にするんですか。貴方が傷ついて、オレが何も感じないとでも思っているのか」

珍しくも乱暴な言葉遣いに気圧される。

でも、きっとこれが素のレオンハルト様。取り繕われていない彼の本音。

「貴方が臥《ふ》せっている間、生きた心地がしなかった」

低く掠れた声で思いを吐き出すレオンハルト様から、目が離せない。

伏し目がちの黒い瞳が危うい光を放つのを、黙って見ている事しか出来なかった。

「目の前の誰かを見殺しにする選択が、貴方にないのは分かっているのに。オレは、そうしてくれと願ってしまう。貴方が傷付くくらいなら、全部見ないふりをしてくれと」

掴まれたままの手首に痛みを覚えた。

私の小さな呻きに気づき、レオンハルト様が一瞬で我に返る。

弾かれたように私の手を離したレオンハルト様は、一歩後退った。

自分のした事が信じられないというように、口元を手で覆う。

「っ、姫君……、申し訳ありません……！」

「レオン様、私は……」

「失礼致します！」

レオンハルト様は私に背を向け、駆けるような速度で部屋を出ていく。

慌ただしい扉の開閉音に続き、廊下でクラウスの声がしたがすぐに聞こえなくなった。

掴まれた手首をそっと押さえながら、私はその場にへたり込む。

色んな事が一気に起きすぎて頭が追いつかないけれど、一つだけ確かな事がある。

私がレオンハルト様を傷付けた。

「レオンさま……」

掴まれた方の手首を、そっと頬に押し当てる。

もう痛みはないのに、少しだけ熱を持っているような気がした。

転生王女は今日も旗《フラグ》を叩き折る

ようこそ、癒しのモフカフェへ！
～マスターは転生した召喚師～

著：紫《し》水《みず》ゆきこ　イラスト：こよいみつき

　転生者のシャルロットは、召喚師の素質を認められて王都に進学する。自身が育った養護院修繕のため、宮廷召喚師になるために学んでいたが、とあるトラブルによってその道が閉ざされてしまう……。

　養護院のため、何よりも自らの生活のために、前世で培った薬草茶作りと料理の特技をいかして、王国に存在しなかった王都で初めての喫茶店を開くことになって――？

「アリス喫茶店、本日より営業いたします！」

　従業員は精霊女王とオオネコとケルベロス!?

　癒しの動物たちと美味しいカフェメニューが盛りだくさんのもふもふファンタジー開店！

転生王女は今日も旗《フラグ》を叩き折る　6

＊本作は「小説家になろう」（https://syosetu.com/）に掲載されていた作品を、大幅に加筆修正したものとなります。
＊この作品はフィクションです。実在の人物・団体・事件・地名・名称等とは一切関係ありません。

2020年10月20日　第一刷発行

著者 …… ビス

イラスト …… 雪子
発行者 …… 辻 政英
発行所 …… 株式会社フロンティアワークス
〒170-0013　東京都豊島区東池袋3-22-17
東池袋セントラルプレイス5F
営業　TEL 03-5957-1030　FAX 03-5957-1533
アリアンローズ公式サイト　http://arianrose.jp
フォーマットデザイン …… ウエダデザイン室
装丁デザイン …… 株式会社TRAP
印刷所 …… シナノ書籍印刷株式会社